中公文庫

天使が見たもの

少年小景集

阿部　昭

中央公論新社

目次

子供部屋　9
幼年詩篇
Ⅰ　馬糞ひろい　68
Ⅱ　父の考え　86
Ⅲ　あこがれ　107
子供の墓　128
自転車　146
言　葉　160
天使が見たもの　170

海の子　190
家族の一員　213
三月の風　225
みぞれふる空　236
水にうつる雲　252
あの夏あの海　274
巻末エッセイ　父の視線　沢木耕太郎　279

天使が見たもの　少年小景集

子供部屋

母親はときどき思い出したように、息子の頸《くび》のうしろにある瘤《こぶ》をさすりながら、ひとりごとを云うことがあった。

「……この瘤がいけないのねえ、この瘤が。お兄さんが悪いのじゃなくて、この瘤がいけないことをさせるのねえ……」

母親がそれをするのは、とりわけ一成が発作を起こしてひどく暴れたあとなどであった。その按摩がふしぎに病人の神経を鎮める効果を持っているのだ。一成は細い小さな眼のふちに涙をためて、おとなしくされるままになっていた。日のあたる子供部屋の出窓に母親と並んで腰をかけ、骨ばった、指の長い両手を膝の上にきちんとそろえて、暗示にかかったにわとりのようにじっとしている兄を、晴男はいつも不思議な気持で眺めていた。母親のことも彼は可笑しく思っていた。母親は「この瘤が……」と何度も何度も繰り返して云うのだが、それは息子に云い聞かせるというよりは自分にむかって呟いているようなのであった。そうして独り合点してうなずいてばかりいた。

それは本当は瘤というようなものではなかった。ただ項《うなじ》の辺が鬱血したように腫れていくらか肉がたるんでいるだけだった。母親はそれを「お兄さんの頭のこぶ」と呼んでいた。晴男は長いことその瘤が兄の病気の巣だと本気で信じ込んでいたものだ。まだ小さかった晴男には母親はほかに説明のしようがなかったのだろう。一成の病気は、彼が生まれて這うことが出来るようになった頃、ほんのわずかな隙にどこからともなくやって来て彼にとりついたものだったのだ。赤ん坊は子守りのねえやがちょっと目を離した隙に縁側からころげ落ちて頭を打った。ねえやはおどろいて赤ん坊を拾い上げたが、彼女も親達もその事件がとりかえしのつかぬことをまねいたのだとはその時考えもしなかった。結果は長いあいだ潜伏していた。一成が学齢に達してから、はじめて彼の知能が人並でないことがわかったのであった。だのに母親は昔からの習慣でいまだに瘤のことを云い、瘤がいたむので息子が発作を起こすのだと信じているように見える、と晴男はおかしく思う。しかし、そんな子供だましみたいなことが病人にとっては大切なことなのであった。一成はことして十八になった。そして、いつまでたっても二歳の子供のように、彼は子供だった。

きょうも一成は虫のいどころがわるくて、朝から何度もさわいだ。ついさっきまで、彼は大声で泣きわめいていた。その声が扉をぴったり閉ざして自分の部屋にこもっている晴男のところまで遠吠えのように聞えて来た。病人は不意に泣くのをやめたかとおもうと、畳の上で地だんだを踏むまねをして、風のように廊下を走り、突きあたったところにあった窓ガラスを手で破った。そしてまた泣いた。

こんな時は、病人はどうしたものかひっきりなしに便所に通って、便器の前で長いことつっ立っているか、わざわざズボンを脱いでいつまでも金隠しにしゃがみ込んでいるのだった。そして狭い便所の中でありったけの声をはりあげて泣くのである。それは涙のない空泣きのようでもあり、苦しまぎれの咆哮のようでもあった。「なにがいったい悲しくてあの子はあんなに泣くのだろう」と母親はよく云ったが、そんなことは本人にだってわかりはしないのであった。まる一時間すこしの切れ目もなしに泣き叫んでそれでも病人はまだ声が嗄《か》れるということはなかった。晴男は兄の肺の強さと声帯の強靱さをほとほと憎らしく思っていた。母親は母親で、一成が便所の窓にはまった鉄格子のあいだから顔を突き出すようにして泣くのを、折檻《せっかん》しているみたいに近所や通りすがりの人におもわれるといやがっていた。

発作は一度やって来たら最後、なかなかおさまるものではなかった。やさしくなだめても、腕ずくでとりおさえようとしても駄目だった。病人はかえって調子に乗って声を荒げたり、昂奮して手のつけようがなくなるばかりだった。そんなところはまるで子供のずるいやりかたそっくりであった。自然におさまるのを、たとえ半日でも一昼夜でもじっとこらえて待つほかはなかった。

　またきいい兄《にい》がさわいでいる、と晴男は教科書の余白に落書をしながら扉のむこうに耳を澄ました。これだからおちおち勉強も出来やしないというのを口実に外へ遊びに行ってしまおうと彼は思っていた。

　一成が廊下を踏み鳴らして便所に走り込むのが聞えた。それから便所の中でやりだした。きょうもまた便所のタイルが何枚か割れる、と彼はおもった。おもったが、じっと身動きもしないで息をつめたまま、ああ、ああ、……という子供の嘘泣きに似た一成のわめき声を聞いていた。

　以前はそんな時、そっと便所の戸口にしのび寄って行って、背後からいきなり「わあっ！」とどやしつけるとびっくりしてやめることがあった。晴男は面白半分に何度もこの手を用いたものだが、それもいまでは一層火に油をそそぐ効果しかなかった。

そろそろ始めるな、とおもったとき、一成はタイル張りの床をどしんどしんやりだした。縄跳びかなにかをするみたいに両足ではねるのである。毎日一ぺんはかならずこれをやるので、床のタイルはもうさんざんにひびがはいり、角と角とが合わなくなり、壁のそれは継ぎ目のセメントがとれて少しの震動でも剝げ落ちそうになっていた。

晴男はこぶしを固めたまま、机にむかってじっとこらえていた。殴ったってどうにもならないんだと彼は自分に云った。それでもからだがふるえるのは止まらなかった。じっさい、殴るのはいともたやすいことであった。一成は誰にだってまるで抵抗ということをしなかった。それに、中学二年になろうという晴男の腕力でさえ、ろくに日の光にも当らずしじゅう家の中にばかりいる一成のひょろ長い痩せたからだには十分すぎるものだった。晴男が冗談におぶさっただけでも一成はくしゃっと潰れてしまうのである。とうの昔に、一成は弟の格闘の相手ではなかった。晴男が兄につかみかかると、母親までが泣き出すので彼はそれがつらかった。「お兄さんはあんなふうになるともう自分でも何をしているのかわからないでやっているのだから……」と母親は手ばなしで泣くのだった。晴男は、だからもう一成がどんなにはげしく暴れて器物をこわしたりしても、こうして自分の部屋にこもって我慢していた。それは半面、母親へのあてつけであった。おふくろはきい兄をだいじにしすぎると彼は思い、依怙地にさえなっていた。

二人は病人のことでは長いこと力を合わせてきた。一成が物をこわしたり便所でさわいだりするのを少しでも防ごうとして色々な手段を講じた時期があった。一番よく使ったのは食堂の椅子に坐らせて革のバンドでからだを椅子の背に縛りつけ、錠をすることだった。これは母親が一人でいるときに来客があったりして一成の見張りが出来ないような場合に便利だった。が、まもなくそれでもだめだということがわかった。尻に椅子をつけたままあばれたり、目の前のテーブルを押し倒したりすることが出来るからだった。最後に行きついたところは、もうなさけ容赦もなくうしろ手に細引きで縛り足も縛って猿ぐつわを嚙ませ、押入れにほうり込むことしかなかった。ところがこれも十中八九の場合うまく行ったためしがなかった。二人がかりでやっても母親はいつも手加減して綱が痛くないように縛るし、おまけに一成は結び目をこっそりほどくことにも天才的な技術をもっていて、どんなにがんじがらめに縛り上げて置いても長いことかかって遂にはすりぬけてしまうのであった。その手際の鮮かさは晴男を怒らせるよりは苦笑させた。ふと気がついてみると、押入れの中で死んだようになっていたはずの兄が、座敷の中をいつになく晴ればれとした顔つきで、薄わらいさえ浮かべて静かに歩きまわっていたりするのであった。

「またほどいたな！」と晴男が怒った声で云うと、一成は困惑したような生まじめな表情でじっと弟の眼の色をうかがいながら、のろのろと後じさりするのだ。

そして、よほどのことがなければ晴男はもう一度縛りなおそうという気はしなかった。何度繰り返してもそれは同じことであった。病人には罰ということの意味は通じるはずもないのだった。残るのはただわけのわからぬ恐怖感ばかりで、それもそのときいっときだけのもので、懲らしめの役には立たないのだとわかった。ふだん一成はたしかに弟のことをおそれているように見えはした。が、いったん発作の渦にまき込まれてしまえば、もう彼はすべてを忘れてしまうのだった。あとは闇にむかって拳をふるうようなものだった。

晴男は、自分の役まわりが損なことも、兄が自分のことを恐れ嫌っていて、ただ痛い目を見るのがこわさに平生は彼の云うことを聞くことも、よく知っていた。彼はそんなことは知りすぎるくらいよく知っていたのだ。このあまりにも動物的なつながりを彼はどんなにか憎んでいた。家の中をのろのろと逃げまどう兄をつかまえて引きずり倒すとき、彼は相手の腕がなんとかぼそく無力で自分の膂力《りょりょく》はなんとはるかに相手のそれをうわまわっているかを感じて、自分を許せないように思うのだった。一成が無抵抗であればあるほど彼のやることは汚ならしい暴力沙汰に思われた。綱は一成の痩せほそった骨だらけの手足によく喰い入って、いつまでも消えないあざを残した。母親はそばから、「そんなにきつく締めないで」と晴男の乱暴な手つきを制したり、「お兄さんがおとなしくしていないからこんなふうにされるんですよ」とおろおろしながら云って綱の端をもって立っているのだった。そのたびに晴男は、母親までがなんと自分のことを憎んでいることかと思うのだ。しかし、彼がそれをやらなければ誰がやるのだとも思っていた。日ましに彼は自分がいやになり、しかも彼の努力はことごとく徒労であった。

晴男はその仕事をしたあとでいつも、兄がすぐにも細引きをこっそりほどいてしまうことを心からねがった。暗い押入れの中で手足を結わかれ猿ぐつわを嚙まされたきょうだいが身をよじり涎を垂らしながらなんとか自由になろうとしてもがいているのを、彼は自分の部屋に帰って思いうかべ、たえられなくなってその考えを追いはらおうとした。数分して彼はかならず兄のようすを見に行った。一成は縛られたままの恰好でうしろ手の指を働かせてなんとか結び目を解こうと汗をかいている最中のこともあれば、押入れの入口にほどいた細引きと洟と涎で濡れた猿ぐつわの手拭が落ちていて当人のすがたは見えなくなっていることもあった。

なんにしてもそれはひどく気疲れのする仕事であった。おたがいがただみじめに思えるだけで、たまたまそれで騒ぎがおさまったとしても、あとに残るのは苦い、荒れはてた沈黙だった。いまではもう発作のおもむくままにまかせてある。家の中のあちこちにすでにがたが来ているのだし、それはそれで金さえかければいつかは修繕のきくことだった。じっさい、住居そのものや家具などの目に見える荒廃はむしろとるに足りぬことであった。

晴男は腰かけたまま回転椅子をくるっとまわして、爪先で軽く扉を押した。扉は音を立てずに動いて、ちょうどむこうのようすがわかる程度に半開きになった。

彼が勉強する部屋と、母親と一成のふだんの居場所である子供部屋とは、そのあいだにいまでは使っていない二つの八畳間をはさんで日あたりのよい長い廊下でつながれていた。

廊下の床は母親がほとんど毎日のようにもんぺ穿きで糠袋や腐った牛乳をつかって磨き立てるので、ちょうどその日のようなよく晴れた四月の日ざかりには、まぎわに迫った庭の椎だの木斛《もっこく》だのの低い梢の若葉が明るい陽ざしを屈折して、なおさら明るく廊下を燃え立たせるのだった。

二人は子供部屋の、やはり木の影がちらちら燃える光のなかにいた。一成は出窓の縁に腰をかけて大きな坊主あたまを垂れ、母親はかたわらに寄りそって放心した顔をまっすぐ晴男の部屋の方へ挙げたまま、右手を一成の頸のうしろにやっていた。晴男は一瞬母親と目が合ったように思ったが、母親は彼をではなくどこか遠いところを見ているようなのであった。

「この瘤が……」と呟きながら母親は一所懸命一成のことをなだめているようすだった。なにやら口をうごかしているのだけがぼんやり見えたが、ことばは晴男には聞えなかった。廊下のむこうに二人が小さく、あんまり小さく見えたので、晴男はふと夢を見ているのではないかという気がした。二人の子供が日溜りに蹲《うずくま》って肩を寄せ合って遊んでいるようにさえそれは見えた。

晴男の耳の奥では、まださっきの一成の泣き声が鳴りやまずに尾を曳いていた。彼は病人の打って変った鎮まりようを白々しい気持で扉ごしに眺めていたが、立ち上って扉を閉めた。

それから彼はもう一つの扉から便所へ行った。案のじょう、壁のタイルが二、三枚床に落ちて割れ、コンクリートの粗壁がむき出しになっていた。ひとわたり被害の状況を調べてから、彼はタイルの残骸を足で片隅に寄せた。床はもう一面のひびだらけであった。壁が無疵で残っているのは入口の手洗い場附近と大便所の尻を向ける側だけだった。それ以外はすべて一成の根気のよい足踏みと震撼の対象になってしまっていた。

この家は昔の建築で普請がしっかりしているからという母親の言葉を彼は思い出したが、なんともばかばかしい気がした。

彼は便器の前につっ立ったまま昂奮を鎮めようとした。小便が出ないので焦っている自分が情なく思えた。

鉄格子のはまった窓からのぞくと、隣の屋敷うちから降ってきた桜の花びらが日の当らぬ湿った石垣に一面にはりついているのが眼にとまった。桜の花びらの何枚かは便所の窓《まど》閾《じきい》にさえ落ちていた。石垣を目で上へたどって行くと鉄条網を張りめぐらした土手があり、それはさらに高く盛りあがって、空と起伏の線を画するところにわずかに桜の樹の一部分が見えた。そして、こんな地形からこんな角度で眺めた場合によくあるように、隙間からのぞく空は光沢を失って異様に青く見えた。海岸の松林の中で野球をしている近所の子供達の喊声は、その土手のむこうのもっとずっと低いところから湧き起って、晴男の頭の上を通過して行くように思われた。彼は小便をし終ってからもしばらくそこに立って耳を澄ましていた。それは彼の遊び仲間達の声であった。潮風に吹きとばされてくる叫び声が彼の頭の上あたりで散り散りになるのを掻きあつめても、きょうはそこに誰と誰が来ているか彼には見当がつくのだった。ボールが革に当って小気味よく鳴る音に混って、「ヘイ、カモン、……」とか「ドンマイ、ドンマイ、……」とかいう気合いのはいった掛け声も聞えてきた。怒鳴っている子の声になんとなくいつもとちがう真剣さがあるので、きょうはよその土地の子供達が遠征して来て、それでちゃんと三角ベースを引いて試合をしているのだと晴男は思った。そんな時はホームベースを陸の方に置き、まっすぐ海に向かって打つ。すると打たれたボールは沖合からまともに吹きつける風に捲き上げられて太陽の輪のなかに見えなくなり、野手はみんな両手をかざしたまま眼がくらんで砂の上にひっくり返ってしまうのである……

晴男はもうじっとしていられなかった。あわてて便所から出て、それきりもう勉強部屋にはもどらずに勝手口に行った。彼のすり切れたグローヴと、屑屋から古新聞と引き換えに買った赤ペンキ塗りのバットはいつも台所の隅の籐椅子の上に置いてあった。彼はそれを摑むと子供部屋にいる母親が声をかける前に台所の戸をいきおいよく開けて、はだしで逃げるようにころげ出てしまった。

いったん外へ出てしまえば、もうなにもかも彼の思うままだった。家から遠ざかれば遠ざかるほど胸につかえていたものは霧のように薄らいでやがてはまったく晴れてしまうのを彼は知っていた。彼は息せき切って駈けた。海の響きが機械を仕掛けたように高まって、行く手の雲のない大空を鳴らしていた。彼が走れば潮風はうなりをあげて耳の殻で鳴るし、波の震動が足の裏からじかに胸もとに這いのぼってくるし、そうしてしまいには心臓の鼓動とごっちゃになって彼の体のなかに途方もないざわめきが起っているように感じられてくるのだ。晴男は家を出て海へ走って行くこの瞬間がいちばん好きだった。こんなふうによく晴れた午後に海にむかって走って行くのは、まるで目に見えぬ火事場に駈けつけるみたいなふしぎな胸さわぎがするのだった。

しまったな、また置いてけぼりにされたな、と彼は走りながら口惜しがっていた。が、仲間はずれにされたという気はしなかった。一成がさわぐ日はいつもこうだったから。近所の子供達はみんなただなんとはなしに晴男の家の病人のことをこわがっていて、一成が便所で大声を挙げて泣いていたりすると気味わるがって晴男を誘わずに素通りしてしまうのであった。連中が呼びに来てくれた時はちょうどきい兄が便所の鉄格子につかまって往来めがけて泣いていた時だったのだな、と晴男は思った。まったくきい兄はひどい時には日がな一日便所にこもったきりで、まるで門からはいって来る人を不意打ちにかけるようにして泣き出すのだからな、と彼は思った。毎日やって来る御用聞きの連中なんかはもうすっかり慣れっこになってしまっていたけれども、ちっちゃな子供達はあすなろの生垣の隙間からこわごわ彼の家のなかをのぞき見したりしていた。彼等ちっちゃな子供というのはまったく敏感なもので、晴男は彼等がにがてだった。彼等は道ばたで遊びに夢中になっている最中でさえ、一成の喚き声や暴れる物音を遠くに聞きつけるとふと息をひそめて晴男の顔つきをうかがったり、なにかの拍子に「ああ、ああ……」と一成の泣くまねをやって見せたりするのだった。それはすこしも邪気のないものだったけれども、晴男をその場にいたたまれなくした。そして、もう少し年かさの子供や晴男と同年輩の子等は、妙に彼に気がねをしていて、そんな時にはかえって聞えないふりをするのだったが、それでも晴男が平気でいられるはずはないだろうとずいぶん心配しているのが彼等の無関心を装った顔からありありとうかがえるのだった。

あれやこれやで彼の気を滅入らせる材料はいたるところにあったけれども、遊びの面白さが大抵いつの間にかそれを忘れさせてくれるのであった。留守にまたきいい兄がやり出さなけりゃいいがと考えながら、その考えをふり払うようにして彼は喊声の立ちこめている明るい松林の中へ駈け込んで行った。

翌朝早く、晴男が目をさました時には、一成はもう上機嫌で歌をうたいながら座敷の中をぐるぐると歩きまわっていた。晴男はまだ隣の部屋の寝床の中にいて、眼をつむったままその歌を聞いていた。

山で　カッコ　カッコ
　カッコ鳥啼いた

と一成は気持よさそうに歌っていた。彼の得意《おはこ》といえば、もう一と昔も前に古いレコードで習い覚えたこの童謡か、さもなければ（海の民なら　男なら　みんな一度は憧れた……）という太平洋行進曲のどちらかにきまっていた。機嫌のよい時には彼はかならず二つの歌のどっちかをうたい、それも繰り返し繰り返しうたうのであった。大きな坊主あたまをリズムに合わせて上下にふりながら、軽く手拍子を叩いて歌うのである。ふだんさんざん鍛えた喉で、よく透る明るい声をしていた。はじめはためらいがちに、声を出すのも恥ずかしいといったふうに自信なげな低い声で歌っているのが、次第に声が大きくなり、手拍子もやけみたいに烈しくなって、顔が紅潮してくる。するともう、まわり出した独楽みたいなもので止めようにもすべがなくなるのだった。声をかけても一向に聞えぬ様子で、まるで歌の節にひそんでいる得体の知れぬ感情が乗りうつって、歌い手をふりまわしているかのように見えるのであった。しかし、そうして歌をうたっている時だけは、一成は心から幸福そうだった。

　暗い闇夜にゃ
　　提灯ほしや

と彼は、目がまわりやしないかとおもうほどの速さでぐるぐると座敷の中を歩きまわりながら歌っていた。歌いぶりは勿論尋常なものではないけれど、音程も崩さず、終始正確に歌っていた。ただその声は早くも昂奮の波に乗ってひどくうわずり、高音部に行くと恍惚としたように語尾が震えた。喜色をたたえて、眼を細くして歌っているのが晴男には目に見えるようだった。

けさは機嫌がいいな、昨夜はあんなにさわいだのに、と晴男は思った。そして一成が早起きなのに呆れていた。

　前の晩はひどい荒れかただった。真夜中を過ぎても一成は眠ろうとしなかった。横になったまま尻を持ち上げて畳をどしんどしんいわせたり、足をばたばたさせて蒲団を蹴りつけたりしていた。そのたびに母親がいちいち「お兄さん！　お兄さん！」とたしなめる声が耳のそばでするのを、晴男はかえってその声のほうが耳について寝つかれないような気がするのだった。「もういいよ、放っておいたらいいよ」と彼はいらいらして云った。一成がやっと寝鎮まってからも彼は長いこと闇の中で眼をあいていた。たぶん母親も同じようにまんじりともしないで考えごとをしているのだとおもうと、その気配を感じるたびに眼が冴えてきて寝つかれなかった……その朝はすばらしい上天気であった。子供部屋の東側の開け放った窓から一直線に射してくる朝日の光がまぶしくて、彼は掛蒲団の縁で眼を蔽ったまま、風が額をなぶって行くのを感じていた。風は海から松林のあいだを抜けてきて、湿った朝の立木の感触をよみがえらせた。空はきっと真っ青なのだろうとおもうと、晴男は外を見るのが厭わしかった。五、六時間しか眠らなかった濁った頭で、空の澄んだ青さや木立の緑を燃え立たせている明るい日の光を想像するのはつらいことだった。そのあいだも、風は潮の響きさえ一段と高く伝えてきて、海の面がかがやきながら盛り上っているのを教えるのであった。

起きて立ち上がると頭がふらふらするような気がしたので、晴男は母親が声をかけるまでとおもってなおしばらく蒲団をかぶってじっとしていた。

山で　カッコ　カッコ

　カッコ鳥啼いた

高い山から

里みて啼いた

一成は有頂天になってはやし立てていた。歌が終りにくるとすかさずまた引き返して初めからやり出すのである。途中で声が嗄れてひっかかると大げさな咳払いをしてからつづけるのがおかしかった。ばかりか、歌詞の記憶があやふやな箇所にさしかかると、ちゃんとハミングでごまかして通り過ぎるので晴男はほとんど吹き出しそうにおかしかった。

そんなふうに執拗なぜんまい仕掛みたいに際限もなく同じ一つ歌を聞かされれば、誰だってうんざりしてしまうのにちがいないのだが、この家では母親も晴男も一度だってそれを止めようとしたことはないのだった。一成の朝の歌は何にもましてその日一日のよい前兆だったから。晴男は心の中で、もっと歌え、もっと歌え、とけしかけたいような気持になるのであった。四月から五月にかけて、新樹の繁みが日ましに緑の重さと飴色の光沢とを増しながら、それらの葉の影が地上に濃く落ちてくる頃が、一成にはとりわけ悪い季節なのだった。木が青くなる時分がいちばんいけない、と母親は日頃から云っていた。

毎年この時期になると、一成は一日じゅう家の中をそわそわと歩いてまわった。ふだん彼は猫のように不思議に足音を立てずに歩くので、薄暗い廊下の曲りかどなどで晴男はよくきい兄に突き当ることがあった。また彼は一箇所に長いことじっと立ちどまっているくせがあるので、日暮れ時など晴男が座敷の隅のぼんやりとした人影に気づいて声をかけるとそれが身じろぎしてはじめてそこに一成が立っていたことがわかるというふうであった。おとなしい時にはまったく彼がどこにいるのか見当もつかなかった。母親か晴男が大きな声で呼ぶとどこからともなく出てくるのだった。

「お兄さんの機嫌がわるい日は眼を見ればわかります。三角の、いやな眼つきをしているから」と母親は自信ありげに云うのだ。だから朝起きてきょうは一成がなにかやりそうだというきざしが顔色に読める日は、なるべく病人を自分のそばに坐らせて家の中をうろうろさせないようにするのがいいと思い込んでいるようであった。だが、そんな用心は何の足しにもならなかった。

晴男は自分の部屋にこもっていても、家の中を歩きまわる一成の足どりや歩く速さでそれがわかるようになっていた。一定の速度で同じ経路を、たとえば一つの部屋の中ばかりをぐるぐるまわるとか廊下を往きつもどりつするとかして、ゆっくり歩くのを楽しんでいる時にはまず安心していてよいのだった。不機嫌な時はそれがどんなふうにでも乱れるのだった。何かしでかす時には病人はいきなり駈け出すか急に立ちどまるかした。足音が乱れたなとおもうと何かが壊れる、ということがひどい時にはほとんど数分おきに起った。そうでない時は朝から晩までただだらだらと泣きわめいているのであった。革バンドも猿ぐつわももう役に立たなかった。一成の発作をなんとかして封じようなどという気力も才覚もとうに二人には尽きていた。なにか方法があるとしたら、それはもう眼の前で何事が起ころうとも一切手当てを考えないこと、どんな恐ろしい物音がしようと断じて聞えないふりをすることしかなかった。そうすることで別にこちらの神経が掻き乱されずにすむというわけのものではなく、かといってじっと堪えているというのでもなかった。泣き声はやっぱり耳にはいってくるし、瀬戸物が投げられれば破片が飛んできた。怪我をさせられたくなければ、そのことのためにのみ最小限度わずかに体をうごかす必要はあった。じりじりする消耗戦みたいなものだった。

過敏な気づかいですっかり神経をすり減らしてしまったあとで、どうしたらいいだろうと考えるには疲れすぎている時、残されているのはただ息を呑んでその場をやり過ごすことだった。それはもう何も見ていないのと同じことであった。心の中をよぎるのは怒りでも悲しみですらもなくて、一種のうつろな困惑とでも云うほかないものだった。母親はそんな時、一成のやることにはお構いなしに縫物をつづけるなり台所の流し場にかがみ込むなりしていた。といって、時おり彼が風のように彼女の頭の上を走り過ぎる瞬間にはゆっくり目を挙げて息子のうしろ姿を見送るのであったけれども。おもてむき、それは微動もしない冷えきった無関心のように見えはした。しかし、その痩せた肩の恰好やうつむいた、つやのない鉄灰色の髪の影は、おさまるものならいつかはおさまるだろうといった諦めが、少しも投げやりでない静まり返って一層しみ透って行くような関心に包まれてひそんでいることを暗に告げているのであった。晴男は母親を見ていると気が遠くなるような気がした。その態度をひどく歯がゆいものに思いもし、苛立ったりもした。が、けっきょくのところ、それはつねに打ち勝ちがたい正しさのようなものとして彼の目には見えてくるのだった。「お母さんは一生こんなふうにはらはらしながら暮らさなければならないのかしらねえ」と母親がひとりごとのように云うのはそんな時だった。その云いようは言葉のさすところとうらはらにあんまり平安に満ちているので、晴男は母親の胸のうちに動いているにちがいない暗い擾乱のかげを見さだめかねるように思うのだった。

けりをつけること、それがもし物事の結末をいうのであるとすればすべてはとうの昔に解決しているはずであった。一時期、母親自身がたまりかねて二、三の病院を下検分に行ったことがあったけれども、その結果は一層母親を病院から遠ざけることになった。どこの病院でも母親はまるでわざとのように最もひどい大部屋の様子をつぶさに見て、「あんな場所へはとても可哀そうで入れられない」と云いながら帰って来るのだった。たしかに一成の場合には監禁といういちばん手っとり早くて消極的な手段よりこれといった療法はなかった。医者はだからどの医者だって無理に入院をすすめはしなかった。治癒の見込みはいまのところまずないのだから、出来ることなら家族と一緒に暮らせるように努力してやるのが本人にとってはしあわせなのだと彼等は異口同音に云ったものだ。その忠告は母親を喜ばせないまでも、少くとも一つの安堵を与える効果はあった。母親は医者の口からやっぱり自宅療養をするのがいいと励まされるのを暗に期待して、ただ気休めのためにあちこちの病院をたずねてまわるのだとしか晴男には思えないのだった。それが本人のためなら！　出来ることなら！　母親の言葉の奥に晴男はまたしても打ち勝ちがたい正しさのようなものを見ずにはいられないのだ。その母親のおかげで一成は十八のこの年まで一歩も家を離れたことはなかった。学齢に達してからほんの僅かの期間、彼と同じような魯鈍の子供達ばかりを集める或る私人経営の特殊学校に通ったことがあるきりだった。「病院」という言葉は彼の前ではタブーであった。彼は病院の建物こそ一度も見たことはなかったものの、医者というものには実際に往診をうけて一種の嗅覚《きゅうかく》を持っていた。医者は自動車で乗りつけて来ることも知っていた。病院というのはどこか遠いところにあって、何をされるか分らない恐ろしい所であり、車が自分をそこへ連れ去るのだと思っていた。まかり間違って彼に聞えるところで「病院」という言葉を口にしようものなら、もう大変だった。本気で泣き出してなだめようがなくなるのであった。

一成が暴れて手に負えない時、母親は「さあ、いまに車がお迎えに来ますよ」という脅し文句を切札として使うことがあった。すると彼はとたんに泣くのをやめて、怯えた眼つきで玄関の方に聞き耳を立てたものだった。しかしこの手もじきに廃ってしまった。いまでは彼を一層激しい、救いのない錯乱に突き落すだけだった。

母親はほとんど毎日欠かさず午前の一時間を仏間で過ごした。一成がおとなしい日には彼を自分の横に坐らせて、なにやらぶつぶつと唱えていた。一成までが殊勝らしく膝を折ってじっとうなだれているのは奇妙にさびしい眺めであった。

仏壇には父親の色褪せた写真が飾られてあり、その人物はまだ若いのに髪が薄く、酒と冗談の好きそうな屈託のない微笑を浮かべて愛嬌のある猿のような眼をしていた。

晴男はめったにその部屋へははいらなかった。そこは晴れた明るい昼間にも死霊が満ち満ちているようで、彼の額を冷たくするように思われた。

新学期はちょうど始まったばかりであった。晴男の机の上には中学二年用のあたらしい教科書が、春休みのあいだじゅう、いま買ってきたというように何冊も積み重ねてあったが、彼は一度もそれを手にとって開いてみようという気にはならないでいた。ときどき表紙の上に掌をのせて肌ざわりをためしたり印刷された頁の匂いを嗅いでみたりするほかは、遠くから神聖な置物のように眺めているだけだった。新学期というのはそこに近づいて行く間は、芳ばしい樹の匂いのなかを歩いてゆくような快い昂奮を呼びさましもするのだったが、いざ授業がはじまってみるとただもう厄介な苦痛の連続でしかないものなのだ。休暇のはじめ頃は、彼はいつもやるように幾分勿体ぶったおごそかな気分を味わいながらしきりに鉛筆を削ったり、おろしたての帳面に自分の名前を記入することに熱中していたものだった。新しい教科書に十分匹敵する新しい意欲を自分の上に空想するのが楽しいのだった。彼の勉強にたいする怯懦な態度は、ちょうど眼の前の計算問題をやりたくないばっかりにいつまでも横を向いて鉛筆の芯を尖らしているのと同じことだった。

最初の頁を開いたとたんに、こないだまでと同じあいかわらずの勉強嫌いの壁がたちまち自分のまわりに立て込むのが彼にはよくわかっていたから、その猶予を少しでも引きのばすためにいつまでも自分の気持をごまかしていなくてはならなかった。

母親は晴男が自分の部屋に閉じこもっていさえすれば大抵勉強しているとおもって安心していた。そこで彼は、おもてむき神妙に机にむかい、その実、友達と交換で手に入れた古切手の幾枚かを切手帳にていねいに貼り足したり、日曜日ごとに海岸でやる草野球の試合のことを思い出しながら自分の打率を計算してこまかい字で手帳に書きつけたりしていたものだ。自分の仕事に熱中しているときには時間はびっくりするほどの速さで流れて行った。しかしそのあいだも、眼の前にある新しい教科書のことやまだ半分も片付けてない春休みの宿題のことを考えると楽しみが即座に台無しになるような気がするのだった。まだ頁の耳が折れていない截断されたばかりの紙の束にこれから一年かかって取り組まねばならない課題がぎっしり詰まっているのを想像するだけで、晴男の心は重くなった。

それらの本はもう一年も使ったみたいに飽きがきて、眼にするのもうんざりであった。そんなわけで彼は、学期の変り目ごとに味わされる幻滅と困惑とですっかり気を滅入らしたまま、新学期の教室に出なければならなかった。

二年生の教室での晴男の座席は最後列に近い日あたりのよい窓ぎわにあった。二階で、校舎は運動場より石段の数で二十段以上も高い岡の上にあるので、机にむかったままわずかに目をそらすだけで人気のないのどかな春の朝景色に眺め入ることができるのだった。校庭の土手を縁どる葉桜の並木や鉄棒の長い列、競技用の楕円の走路を赤い自転車でゆっくり斜めに横切って行く郵便屋、近くの禿山から立ちのぼる塵芥を焼く青い煙、そうしてそれらのむこうに四月の靄に沈んだ藤沢の町工場の煙突が何本も見えた。彼の家がそのほとりにある海は、さらにそのむこうに気流に洗われた青い空が湾の気配をそれとなく告げているようでもあったが、それは彼のいつもの習慣でどこに登ってもまず海の方角はどちらで水平線の高さはどのあたりと見当をつけてみるからであった。ここでは勿論、南から吹いてくる風にも潮の香を嗅ぎとることはできなかったけれども。

晴男は今度の教室がなんとなく気に入った。それがなぜであるかは彼にもよくわからないのだった。そこで朝ごとに明るみを増す陽ざしに首すじをあぶられながら、教科書の開いた頁がいつのまにか風にめくられているのも気がつかないで、ちょうど夢の中で話の脈絡がふと見失われて行くのを追うともなしに追っているうちに遂には夢そのものがどこかへ消えて行ってしまうのに似た、とりとめのない放心に浸っているのが快かった。

午前のそんな時刻に、家の子供部屋で同じ日の光を浴びている母親のうつむいた小さな頭や出窓から顔を空に突き出すようにして大きな口をあけ遊び半分に何べんでもくしゃみをしている一成のまぶしそうな顔が、ふっと眼に浮かんで消えて行くこともあった。時として、二人は出窓に睦しげに並んで腰をかけ、母親が一成の項《うなじ》に手をあてて耳もとに何やら囁きかけていることもあった。

新学期になって間もないある朝、やはり晴男が授業中にそうして放心を楽しんでいると、子供部屋の情景が浮かんできた。耳には教壇に立って英語のリーダーを読んでいる若い女の先生のよく透る澄んだ響きがしていたが、まるで遠いところで鳴っている潮の音のようですこしも彼の放心のさまたげにはならなかった。やがて何の音も耳にはいってこなくなった。彼の眼は低い松の木がまばらに生えた南の岡の上の空に吸い込まれたように注がれていた。そこに、金色の光につつまれたように子供部屋の内部がありありと映っていた。

陽炎のようにゆらゆらと立ちのぼって大空を流されて行く籠のように、それは青空の一角に懸かっていた。部屋の中にはいつものように母親と一成だけがいて、晴男は相手には姿の見えぬ者のように二人の眼の前に立っていた。満ち足りた沈黙が彼等の上にあった。二人はすでに二人だけの秘密を了解し合っているように見えた。晴男はいいようのない不安な気持に襲われて息を呑んだ。母親は一度だけ決断を下すように、うつむいたまま、抑えた響きのない声で呟いた。「……だから、お兄さんはお母さんと一緒に死んでしまいましょう……」一成はまるで言葉を解さぬもののようにきょとんとしていた。死ぬって？ 晴男はおどろいて自分に云った。すると幻はもう消えていた。彼の眼にはふたたび青い空がなにごともなかったように映り、岡の上の低い松の木は長いこと見つめていたせいで谷底の羊歯みたいに小さく見えた。たったいま部屋の中で何が起ったのか、それは彼には想像もつかないことだった。

心臓がはげしく打っていた。周囲のざわめきがもどってきた。女の先生は教壇の上でさっきのつづきを読んでいた。その声はもうちっとも耳に快いものではなかった。甲走って、とげとげして、一語一語が彼をいよいよ不安にするだけだった。

母親が一成を連れてどこかへ行ってしまうということを晴男はこれまでにも何度かぼんやり考えたことはあった。母親はおもい余ると「この子さえいなかったら」とか、さもなければ「お兄さんを残してあたしが先に死ぬことをおもうとつらくて」などと口走るからであった。晴男はそんな言草にはうんざりしていた。それは母親の一時の気の弱りが吐かせるお定まりの泣きごととしか彼には聞えなくなっていた。母親は体も気力もにわかに衰えて、もう若いとは云えないながら早くも眼が鈍り、耳さえ遠くなりかけていた。おまけに母親にはわけのわからない持病があった。心臓だか胃だかの痛みに襲われるとのろのろと台所へ這って行ってすり鉢に黄色い水を吐いた。晴男はもうその苦悶のようすを見ることにおどろかなくなっていた。母親が身をよじらせて懸命に吐こうとしているのを見るともなく見、うめいているのを聞くともなく聞いているといった夜が何日もつづくことがあった。時によっては、一成が暴れまわる日にも母親は昼間から蒲団を敷いて静かに眼をつむって横になっていた。晴男はこっそり母親の寝顔を見に行った。

しなびてすすけたしわだらけの顔で、彼の手でひとつかみにも出来そうなちっちゃな顔だった。胃の苦痛やら不眠やら栄養不足やら、またたぶん彼のあずかり知らない悲しみや不安のためにそれは顔というよりなにかひどく消耗した鳥のかげのようであった。母親のかすかな寝息をたしかめると晴男は安心した。年をとって病人になりきってしまった母親というのはまるで赤ん坊みたいなものだと彼はおかしく思うのだった。その母親は今日まででこうして倒れてもまた立ち直ってともかくもやって来たのだ。晴男には母親が簡単に死ぬなんて信じられなかった。

彼のおそれはもっと別のところにあった。それはむしろ死よりも彼をぞっとさせる想像であった。ひょっとしたら母親までが正気を失うのではないか？　行きつくところは死ではなくてもっとはるかに救いのない生活であるように彼には思われた。その考えは彼の眼の前をまっ暗にした。

午後のあいだじゅう、不吉な予感は彼にとり憑いて離れなかった。自分の留守になにか変事がなければよいがとおもうと、居ても立ってもいられない気持だった。

彼はもう少しで最後の授業が終るまで待っていられなくて、急にお腹《なか》が痛くなったと申し出て仮病をつかって早退けしようとも考えたくらいだった。終業のサイレンが鳴りはじめると晴男は大急ぎで勉強道具を鞄に詰め込み、友達とのあいさつもそこそこに電車に飛びのって家へ帰った。

しかし、家では別になにごとも起ってはいなかった。一成はめずらしく子供部屋の机にむかってクレオンで絵を描いていた。

「お兄さんはきょうは朝からとても機嫌がよくて」と母親はなかば一成に話しかけるようににこにこしながら云った。「折紙を折ったり、絵を描いたり、お利口さんなの」

母親が坐っていた座蒲団のまわりに、出来あがった紙の鶴や蓮の花がいくつも並べてあった。大きいものも小さいのも、新聞の折込広告や古い雑誌の頁などを使って、正確に器用に折ってあった。

母親が二人のおやつを用意しに食堂へ立って行ったあとで、彼はなんとなく折紙細工のひとつを手にとって眺めたが、別のことを考えていた。

やっぱり気のまわし過ぎだったのだなと彼は思った。そして、どこか途方もなく遠いところから自分はやっといまこの部屋に帰って来たのだという気持がして、見慣れた場所なのに親しい実感をとりもどすのにひどく骨が折れるような気がするのだった。

彼は母親の作ったジャムのワッフルを黙って口に運んだ。ワッフルはただの捏り粉のように消化されずに胃袋に重くたまるばかりで、ろくに味もしなかった。一成のほうはおやつの皿を目の前に置かれても、見向きもせずに、おそろしく血走った眼をしてクレオンを塗りつづけていた。

彼のまわりには古新聞だの母親のよみ捨てた婦人雑誌だのが山のように積まれて、そのどの頁もところかまわず雑多な色で壁を塗るみたいに分厚く塗りたくられていた。

絵はどれも同じたわいのないいたずら描きで絵とも呼べないしろものだった。晴男はまたかとおもって、畳の上に落ちている一枚をぼんやり横目でながめた。それはどこかの庭の絵で、両端に小さな石灯籠のようなものが一つずついまにも倒れそうな恰好で立っているただそれだけの絵であった。もしかしたらそれは石灯籠ではなくて人間のつもりなのかも知れなかったが、「これは何なの?」と傍から聞いても、一成は黙ってうれしそうに相手の顔を見かえすか、さもなければ、「これは何? これは何?」と質問の言葉をおうむ返しに答えるだけだった。

その絵を描く筆の順序もちゃんと決まっていて、晴男はもうそらで覚えていた。まず紙の中央に天と地とを分ける一本の直線を乱暴に引き、それから右に次いで左の隅に不恰好な石灯籠を一基ずつぐしゃぐしゃと描き添えておしまいだった。たまには、中央の地平から二本の線が交互にゆるやかな山なりに岐れ出て二つのなだらかな岡らしいものを暗示することはあったけれども、そのほかに一本の木もなければ一匹の動物の影すらあらわれることはなかった。デッサンがすむと今度はものすごいいきおいで紙の上から下まで少しの余白も残さずに手あたりしだいのクレオンで横ざまに塗りつぶすので、大抵紙は途中で破れてしまうのだった。出来あがった絵はまるですだれごしに見るように、重なり合ったおびただしい色の層を通して最初の輪郭がおぼろげに見えるだけだった。その同じ絵を、一成は気が向きさえすれば朝から晩まで描き散らすのだから、子供部屋の畳は足の踏み場もなくなるのであった。以前には、晴男はきい兄が絵を描くのを面白がって、何かもっとほかのもの、たとえば飛行機とか機関車とかの絵を描いて見せてとしきりにけしかけてみたのだが、手本にはまるで反応がなかった。

クレオンを握ったかとおもうと彼が描くのはあいもかわらぬ石灯籠なのであった。「これはなんだかおかっぱの女の子みたい」と母親は云うのだが、晴男にはそうは見えなかった。二つの石灯籠はあるいは母親と一成自身なのかも知れないと思ったことはあったけれども、やっぱりただの石灯籠なんだと思いながら、彼は部屋じゅうに散らかった紙屑を眺めまわした。

「お兄さん、お兄さん、もういい加減に止めましょう！」と母親はなだめるように何度も一成に云っていた。

さんざん催促されて一成はやっとクレオンを手から離したが、眼には昂奮のかがやきが残っていて、熱中の嵐が去りかねているように見えた。彼は落着きなくあたりを見まわして、ワッフルが眼の前にあるのに気がつくと、椅子にきちんと坐りなおして食べにかかった。今度は食べることに全神経を集中するというわけだった。大事な割れものにでも触るみたいな手つきで小さなワッフルを両手で高く捧げて持って、顔を皿の上に突き出して食べはじめた。

「よく嚙んで、よく嚙んで」と母親がそばからうるさく注意した。一成は二た口三口ですばやく嚥み下してしまった。咀嚼ということをけっしてしないのだ。

晴男は気分がわるくなるようで目をそらした。それは見ていても胃にこたえる眺めだった。不消化が自分の胃にまで伝わってくるような気がするのだ。あんなにいつもがつがつして、犬がボウルの中身をさらうみたいに止めさえしなければいくらでも食べつづけるくせに、骨と皮に痩せているのは食物をみんな丸のまま呑み込んでしまうので養分が吸収されないからなのだとおもうと、ほんとうに胸がわるくなった。

彼はきい兄がワッフルのかたまりで喉を詰まらせりゃいいのにと、いらいらしながらその音を聞いていた。そして、自分のワッフルをジャムだけ食べて、あとは、「これはきい兄にやる！」と云って彼の皿に入れた。一成はその分もまたたく間に呑み下してしまった。

その午後はなにをしても面白くなかった。自分の部屋にはいって机に向かい、抽き出しをあけてぼんやり中身を調べたり、切手帳をぱらぱらとめくって見たりしたけれども、心は一つところに落着くことがないのだった。

彼はいつも一成がやるみたいに、家の中を用もないのにあちこち歩きまわり、最後に子供部屋をのぞきに行った。母親と一成のあいだにさりげなく足をのばして坐り込んでみたが、部屋の空気にはなにか彼をまったくその場にそぐわぬように感じさせるものがあった。

母親は晴男の挙動をとがめ、

「どうしたの？　学校で何かあったの？」としきりに話しかけてきた。

「いいや、べつに」と彼は母親の顔を見ないようにして無愛想に答えた。母親はそれきり何も云わなかった。晴男はそれがたまらなく不満だった。

しかし、もしそれ以上母親が言葉をかけてくれたって、やっぱり同じ答えしか出来やしないのだとおもうと、彼はひどく打ちのめされたような気持で子供部屋を出て行った。

それから数日は静かな日がつづいた。一成は朝から晩まで絵ばかり描いていた。歌をうたうことすら忘れてしまったようであった。まもなく家の中にある紙という紙は一枚のこらず一成のクレオンで塗り潰されてしまった。ただその事にかかりっきりで、食事の時間を除いて少しの休みもなくやるので、紙の蕩尽ぶりはまるで蚕の大群がいっせいに桑の葉を食いつくして行くようなものだった。母親は材料の補給に大わらわであった。

「もういい加減に止めさせたらいいのに」と晴男がうんざりして云うたびに、母親は、「でもクレオンと紙さえ当てがって置けばそれでご機嫌なんだから」と、むしろ喜んでいるようなのであった。

たしかに、便所のタイルを踏み破ったり膳の上の物を投げたりされることにくらべれば、こんな浪費沙汰はたかの知れたものにはちがいなかった。

晴男は毎朝家を出る時に、母親から自分の小遣いのほかに一成の画用紙を買う金を渡されて、学校の帰りにかならず文房具屋に寄り、いちばん質の悪い紙を束で買った。

晴男の留守中にクレオンや紙がきれるようなことがあると、母親は家を明けるわけにはいかないので、出入りの御用聞きの小僧に頼んで買って来てもらったりした。晴男はそんなふうに母親と調子を合わせてきい兄の馬鹿げた日課につき合わねばならないのがいまいましかったが、それでも内心はほっとしていた。これでしばらくは母親の気持も安まるだろうし、彼自身も突飛な想像に苦しめられなくてすむというわけだった。あの泣き声が聞えて来ないだけでも助かるのだった。いつもならば、駅を出て家への最後の曲り角を折れる前に早くもきい兄の泣き声が聞えていた。彼にはそこから家までのわずかな距離が堪えがたく長いものに感じられた。そのあいだ誰にも会わなくてすみますようにと念じながら早足で歩いて、すばやく勝手口から家の中へ走り込んでしまうようにしていた。この数日間はそんな苦労をしなくてもよかった。

平和なのはいいものだと彼はしみじみ思っていた。そして、煩わしく思いながらも毎日きい兄の紙を買って提げて帰り、それをきらさぬように気をつけてさえいれば静かな日はこれからさき幾日でもつづくような気がしていた。

しかし、平穏は晴男がそれと感じ出してから三日とつづかなかった。その日、彼は学校から帰って来て、自分の机の上がなんとなく朝出て行く時に見たのと様子がちがうのに気がついた。誰かが何かをいじったなと彼は直感した。日頃彼は机の上の物を自分の気に入るように並べて置くので、誰かがそのひとつを動かせば勿論のこと、その場所を使ってなにかをしただけでもその痕跡を嗅ぎつけることが出来るのだった。

一と目見ただけで彼は、机の中央に海岸から拾って来て飾ってある四箇のかつら貝の貝殻の位置がおかしいと感じた。本立ての本の並び方にも狂いがあるのに気がついた。案のじょう、その中の一冊は、まだ晴男がろくに開いても見ていない新しい教科書だったが、頁にはっきりと折り目がついていて、一番最後の頁がクレオンですっかり塗り潰されていた。

彼は急いで他の本を引っぱり出し一冊ずつ丹念に調べた。どうやら一成が落書きしたのはその一冊だけのようであったが、それはたぶん母親が見つけてあわてて止めたからだろうと彼は思った。その証拠のように机の表面にはクレオンの粉が点々と着いていた。

晴男はまっすぐ子供部屋に飛び込んで行って、一成の眼の前で彼のクレオンを片っ端から折り、あたりに投げ散らした。一成がその時手にしていたクレオンまでもその手からもぎとって投げた。

「なんていうことをするんです！」母親は血相を変えて云った。

「僕の本がこんなにされた！」と叫んで、晴男は教科書を母親に投げつけた。母親はそれを手にとってほんの申しわけのように汚された頁に目を落したが、驚いたふうには見えなかった。そのことをすでに承知しているようであった。

「本をちょっと汚したぐらい何です。それに、この頁はおしまいの頁で読むところじゃないからいやなら切り取ればいいでしょう。どうしても気がすまないのなら新しいのを代りに買ってあげます」

　母親が狼狽するどころか、いやにすらすらと答えたので、晴男はすっかり血が頭にのぼってしまった。一成がやったことを母親はちゃんと知っていたくせに、知らぬふりをして元の場所にもどして置いたのだとおもうと我慢がならなかった。一成はいきなりクレオンをもぎとられた上、自分のしたことで晴男がいきり立っているので、すっかり怯えて部屋の隅でうろうろしていた。

「僕は新しいのを欲しいなんて云ってやしない。これを元通りにして返してくれればいいんだ」と晴男は息がつまりそうになって云った。

　母親はまた本を手にとって、まるでそれがどうにか元通りになるもののように、用もない他の頁をぼんやりめくっていた。そののろのろした動作がまた、晴男には気に喰わないのだった。

　彼はもう本のことなんかどうとも思っていなかった。

「きい兄を甘やかすからいけないんだ」

彼はそばにつっ立っている一成を拳固で嚇《おど》した。一成はぶたれるものとおもって、首をすくめ、顔をゆがめた。

「お兄さんのことはお母さんがちゃんとします。あなたは黙っていらっしゃい、子供のくせに」母親は撥ねつけるように云った。

晴男はむきになって、今度は一成に喰ってかかった。

「もう絵なんか描くんじゃないぞ、こんな変な絵なんか！　もう紙なんか二度と買って来てやるものか！　クレオンも全部捨ててやる！」

云いながら、彼はあたりに散らばっている画用紙をびりびりと引き裂いて丸め、クレオンと一緒に窓の外へ投げ捨てた。

自分の物が捨てられるのを見て、一成は大声を挙げて泣き出した。「お止しなさい！」母親は立ち上って晴男の腕を摑んだ。その力が意外に強いので彼には母親が本気で怒り出したのがわかった。彼はあばれて、腕をふりほどいた。

「きい兄なんか死んでしまったらいいんだ！　いますぐ死んでしまえ！」と彼は怒鳴った。そう云ってしまってから、彼は自分の言葉にぞっとした。

「悪魔のような子！」と母親は蒼い顔をして呟いた。一成は部屋の隅に逃がれて、足をばたばたさせながら泣きわめいていた。

　母親は黙って畳のあちこちに散らばったクレオンを集めていた。

　晴男はつぎに母親が何を云うかと待ちかまえていたが、母親はそれきり口を利こうとしなかった。かがんだその後姿は彼のことを断じて許さないと無言のうちに云っているようであった。

「僕はもうこんな家にいたくない」晴男は母親の沈黙がこわくなって、話しかけるように云った。母親はやっぱり黙っていた。

「僕は出て行く」と晴男は母親がなにか言葉をかけてくれることを願いながら、自信無げに云ってみた。

　母親は依然として一と言もいわずに、折れたクレオンを拾い集め、丸められた紙のしわを一枚一枚ていねいに伸ばしていた。出て行きたければ出て行けばいいと云っているようでもあった。

　晴男は自分の口走ったことをもう後悔していた。それでも母親は、止めるどころか一と言だって答えてよこす気配はないので、彼は沈黙に打ちひしがれたようになって部屋を出た。こんな家にはいたくない、出て行ってやるんだ、と自分を励ましてはみたものの、すっかり意気銷沈してしまっていた。そして、台所の戸を大きな音を立てて開け放ってからも、なかなか出て行こうとしないで背後を気にしていた。

最後の瞬間まで、晴男は母親がなにかとりつくろうようなことを云って止めるだろうとたかをくくっていた。が、子供部屋からはきい兄の荒々しい泣き声だけが聞えていた。その声はなだめようもなく激しくなるばかりだった。

　晴男ははだしのまま外に出て、一成の泣き声から逃がれるようにして海のほうへ走って行った。彼自身も大声を挙げて泣きたいような気持だった。彼は汚された本のことなんかでこだわっているのではなかった。はじめっからそうではなかったのを彼は承知していたはずだった。一成のちょっとした過失なんかはそのまま許してやってもよかったのであった。彼はそれが、そんな簡単なことが出来ないのだった。強情で、臆病で、情知らずで、ひねくれていて、けっして正直になれない自分を彼は頭をぶっつけてどうかしてしまいたいほど恥ずかしく思っていた。そんなことはいつだってわかりきっていた。ただ彼の胸のなかに狂暴な不満がたけってきて、それが何にたいして誰にむかって動いているのか、彼自身にさえわからなくなることがあるのだった。彼はそのために苦しまねばならないことで大声を挙げて泣きたいような気持がした。彼は眼の前のものにつかみかかるようにして無我夢中で走った。

　途中まで来て自分の足が海にむかって駈けているのに気がついた。そのままずんずん家から遠ざかって砂浜に出てしまうのはいかにも心細かったので、とりあえず行きあたりばったりに路地を折れて、家の裏側にある砂山への小道を反対側から登りはじめた。深い草むらに蔽われた土手の縁には十数本のいぬアカシヤがふさふさと葉を繁らせた若い枝を垂れて、頭上に隧道のように落ちかかっていた。彼は隠れるようにして茂みにはいった。茂みは深くて、その中では風がうごかないので、不意につんぼになったような気がした。

そこで晴男がまっさきにやったことは、胸の動悸を鎮めて家の方角にじっと耳を澄ますことだった。母親がもしかしてあとから自分を追って出て名前を呼んでいはしないかと思ったのだ。が、聞えてきたのは一成の泣き声だった。

それは家の正面で聞くよりもずっとはっきり聞えてきた。泣き声は子供部屋から直接、裏庭をくぐりぬけてまっすぐその砂山の上に伝わってくるのだった。

一成の泣き声がまるで晴男の居場所を教えるかのようにしつこく、鋭く響いてくるので彼はおもわず息をころした。きい兄は晴男の隠れている茂みの方に向いて、あそこにいる、あそこにいる、と泣いているように思われた。そのうちに床を踏み鳴らすような荒々しい物音さえ聞えて来た。

母親が右往左往しているのが目に見えるようだった。彼は茂みの中でひとり慌てていたがいまさらどうしようもなかった。まぢかに自分の家が燃えあがるのをなすところもなく見まもっているようなものであった……

昂奮のあまり、晴男はたったいままで陽が落ちているのにも気がつかないでいた。ほんのしばらくの間、松林のむこうに、薄暮の中に沈むようにして子供部屋の屋根とおぼしいあたりがぼんやり見えていたが、気がついた時にはもう茂みのうちそとに植物の芳香をかき立てる濃い宵闇が降りてきていた。

下生えの草の匂いは煙か靄のように立ちこめて、いぬアカシヤの葉の灼けるような粉っぽい匂いとまざり合っていた。日中、その一枚一枚が太陽にあぶられたので、葉という葉はいまになって真昼の熱気を吐き出しはじめたのであった。

夜が明けるまでここに隠れていようと彼は思った。そう思って落着ける場所をさがしたが、闇の中は植物の呼吸で満ちていて、息ぐるしいばかりか頭がくらくらするように感じられた。幾重にも葉なみを畳み込んだいぬアカシヤの大枝が四方から迫ってきた。

闇が降りてくるにつれて、海の音は地の底から湧きあがるように高まった。重い車がつぎつぎと通り過ぎて行くような、唸るような、幅ひろい轟きであった。その潮の響きを貫くようにして一成の泣き声は少しの衰えもなくつづいていた。

ああ、ああ、……というどこまでも無表情な、単調なわめき声はむしろ獣の遠吠えのようだった。晴男はきいい兄の声をこれほどはっきりと、身近に迫る吠声のようなものとして聞いたことはなかったような気がした。

数十分と感じられるほどの非常に長い時間が経ったあとでやっと一成の泣き声はやんだ。それがちょうど母親が夕食の仕度にとりかかってからテーブルの上のものを準備するまでに費した時間だったのだと晴男は思い当った。一成が急に静かになったのは彼が物を食べはじめたからにちがいなかった。

晴男はいぬアカシヤの根もとに坐り込んでいよいよ覚悟をきめた。母親がそのつもりなら、と彼は意地になっていた。彼は自分がもたれているその古い樹を手さぐりながら撫でまわした。幹の樹皮には、ちょうど小刀で切り込んだ古い傷あとが幹の成熟につれて自然に傷口を拡げたように、いくすじも細い溝が出来ていて、その割れ目にこまかい針のような毛が密生していた。彼はさらに地上まで垂れている枝を折って手にとった。枝はどの枝も最後のしなやかな若い小枝を送り出している分岐点に一対のするどい棘を持っていた。葉は、蝶の翅をおもわせるしっとりと濡れたような肌理《きめ》こまやかな薄い小さな葉は、彼の汚れた熱い掌におさめれば、たちどころに溶けてしまいそうにはかなく、重さのないものに感じられた。晴男はそれらの葉が数限りもなく集まって羽根うちわのように風に揺すられることや、日の光をうけて透けて見える葉の網状組織がどんなにか美しいものであるかをよく知っていた。宵闇は海の上から漂い流れてくる霧をふくんで、悩ましいまでに樹液の匂いをかき立てた。

彼は何度も枝を引きちぎって、葉をむしりとり、青くさい汁にまみれた手を鼻に押しつけた。そして、葉を唇にはさんで歯の間で震わせ、笛のように吹き鳴らした。晴男がいぬアカシヤの葉を鳴らしつづけていると、砂山のふもとのほうを誰かがやって来る気配がした。砂の道なので足音はかすかにしかしないのだが、彼にはそれが女の下駄穿きの音だとわかった。

「晴男、晴男……」という声が近づいてきた。母親はそのつど晴男と云ったり晴男さんと云ったりして、たえず呼びながらやって来るのだった。

彼は葉を鳴らすのをやめて、茂みの中でからだをこわばらせた。

しかし、母親はまさか彼がそんな場所に隠れていようとは思わないので、彼のいるほうへ登って来ようとはしなかった。

砂山のふもとに立ちどまってあたりの様子をうかがっているようであった。そのあいだも母親はひっきりなしに晴男の名を呼んでいたが、少しも反応がないのがわかるにつれて声は次第に低くとぎれがちになって行った。それから、晴男のいるすぐ下のところを、「お母さんを困らせて……」とひとりごとのように云いながら、ゆっくりと通り過ぎて行った。

母親は少し行ったところでもまた立ちどまって二度三度息子の名を呼んだが、やがて声は遠ざかって消えた。

彼はどうやら母親が食事もせずに自分をさがしまわっているのを知って意地の悪いよろこびを味わずにはいられなかった。が、結局は自分の思惑通りになったのがわかると、急に心の張りが抜けて、いつまでもそんなところに頑張っていることがひどくつまらないことに思えてくるのだった。なんとかさりげなく和解してしまえたらと彼は考えた。

晴男は茂みから出て、そっと砂山を降りた。家の裏庭に近づくと、台所にも食堂にもすでに灯は消えていて、子供部屋の天窓からわずかにほの白く照明が洩れていた。彼は物置小屋の蔭の生垣の隙間を犬のように四つん這いになってくぐり抜け、芝生を横切って食堂の濡れ縁のところまで行った。彼はそこまでくるともう逃げる用意をしていた。軒下に身を寄せて雨戸に耳を押しつけた。部屋の中は静まりかえっていた。こそとも音がしなかった。彼はしきりに場所を移しながら聞き耳を立てた。母親はまだどこかで彼をさがしまわっているのかも知れないと彼は思った。晴男は子供部屋の出窓の下のコンクリートに蹲って膝を抱いた。

母親はどこまで行ったのか、なかなかもどって来なかった。部屋には一成ひとりが残されている様子で、ときどき彼のわざとらしい奇妙な咳ばらいがしていた。

母親が玄関から長い廊下をわたって来たとき、晴男はあわてて縁の下にもぐり込んだ。頭の上の雨戸が明けはなされて、部屋の光がさっと芝生の上に奔《はし》り出た。

今度は母親は彼の名を呼ばなかった。だまって外の様子をたしかめて、それから静かに戸を引いた。晴男の周囲にふたたび闇がひろがって、もうそれきりだった。

彼はほっとしたような、ひどくがっかりしたような気持で床下を這い出て元の場所に坐りなおした。

母親は何度か食堂と台所のあいだを往復していた。流しでは皿のふれ合う音がした。

その夜は月の出も星あかりもない暗い夜であった。波の音はひとときに急に高まるかともえば、またしばらくのあいだ限りもなくしりぞいて行くように思われた。風が落着きなくしじゅう方向を変えるらしかった。そのうちに風はぱったりと止んだ。

窓の下の地面を足でさぐっているうちに晴男は一成のクレオンのかけらを見つけた。あの時彼が折って投げ捨てたもののひとつにちがいなかった。

彼は足を伸ばしてあたりの砂の上や草の中から数本のクレオンを探し出した。それらを彼はそっと雨戸の閾に並べて置いた。

もう疲れが彼の頭を痺れさせていた。彼は蹲って顔を膝に埋めた窮屈な姿勢で眠った。

それはおそらく母親だったのであろう、夢うつつのうちに彼は誰の腕ともつかぬ優しいそれでいて力強い腕に抱き起こされて、静かに寝床に運び込まれているのを感じた。

つぎの朝、晴男は不思議なことにちゃんと自分の寝床の中で目が覚めたが、立ちあがることが出来なかった。からだのうちそとが燃えるように熱かった。掛蒲団をはねのけて、胸をはだけ、なんとか熱を冷まそうとしたが彼をとり巻いている炎熱は二重三重に彼のからだを攻めつけてくるように思われた。彼は犬のように口をあけて息をした。ほんとうに病気だということになれば母親はまさか放って置きはしないだろうと彼は思った。母親の手当を受けるのはなんだか死にそうに恥ずかしかった。それはそのまま彼の意気地の無さを白状するようなものだった。彼は熱があることをけっして母親に告げまいと決めた。いいあんばいに母親は彼を起こしに来なかった。そのうちに頭痛さえ加わって、口の中がからからになり、少しでも気を弛めたら呻き声を洩らしそうになった。うなされながら、彼は、これは昨夜の罰だ、と素直に信じた。そして、自分はたぶんこのまま死んで行くのだと思った。思いながら、少しも狼狽《うろた》える気持がないのが不思議みたいであった。

そんな状態は、しかし、三十分とつづかなかった。晴男の病気は簡単に母親に見破られてしまった。

彼は渡された体温計をそっぽを向いてしぶしぶ腕にはさんだ。水銀の柱はみるみる昇って四十度近くを指した。母親は彼の額に水枕をあてがってから、かかりつけの医者を呼びに行った。

不意の客が車でやって来たので一成はすっかり動顚してしまっていた。その車が自分をどこかへ連れ去るのだと信じ込んでしまったのであった。

医者が帰ってしまうまで、彼は便所に隠れて音も立てず、死んだように息をひそめていた。

晴男の熱はけっきょく大したことはなかった。彼は平べったい錠剤を吞まされて、小一時間もすると猛烈な汗をかいた。午後になると熱は下がったので起きて便所に行った。足もとがふらつき、自分のからだではないようで、天にのぼるようないい気持だった。病気のおかげで彼はなんとなく無言のうちに母親と和解できたように思い、よろこびとも悲しみともつかぬ、甘美な、沁み入るような感情に胸を浸されるのを感じていた。その夕方であった。一成はふたたび発作を起こして、わめきながら家の中を走りまわった。医者が来たことが彼をとり返しのつかぬ恐慌に落し入れたのであった。彼は仏間に飛び込んで仏壇の肖像額やら位牌やら線香立てやらを投げ散らし、それを止めに行った母親に水を供える杯を投げつけた。瀬戸物の破片は母親の右の瞼を深く切った。悲鳴を聞きつけて晴男がその場に行って見ると、母親の顔はもう血まみれで、傷口からはなおも血が噴き出ていた。母親はふらふらしながら洗面所に行き、洗面器に水を満たして顔を漬けた。器の水はたちまち真っ赤に染まったが、血は止まりそうにも見えなかった。晴男は子供のように母親の腰につかまって、ものが云えずに震えていた。

これでおしまいだ、もうなにもかもおしまいだ、と彼は眼のまわりが真っ暗になるのを感じながら頭の中に響いている自分の言葉を聞いていた。一成は茫然と立ちすくんだまま、湯殿の外から二人の様子を見ていた。

月はかわって五月になった。月はじめに一成は入院した。その日まで、母親は少しずつ入院の手筈をととのえていた。話は母親と晴男だけの間で、本人には一切極秘のうちに進められた。一成はいよいよ病室にはいるという瞬間まで「お引越し」という母親の言葉を信じていたのであった。たしかにそれは彼だけの引越しにはちがいなかったけれども。出発の日の朝、母親は晴男を学校へ送り出してから、一成の荷物をまとめてハイヤーで横浜の郊外の脳病院へ送って行った。彼にとっては実に何年ぶりかの外出で、果物や菓子をいっぱい詰めたバスケットを自分で提げて、遠足に出かけるみたいに上機嫌で出て行った。夕方おそく、母親はひどく憔悴した様子で帰って来て、万事うまく行った、一成はおとなしく病室にはいったし附添いの看護婦さんも親切で、それにあそこの病院はほんとに静かで内部《なか》はきれいで、などと話をした。

それから十日余りはまたたく間に過ぎた。一成がいなくなったその日から、たしかに家の中にはかつてなかった安らぎがおとずれた。それは何年ものあいだ棘々しい空気に慣れっこになってしまっていた晴男には、むしろ馴染みにくい空虚とさえ感じられるものであった。しかし一方では、それがどんなに当然の処置だったと考えられても、一人の人間を厄介払いした後味の悪さはどこまでもついてまわった。食卓につくたびごとに、つい昨日まですぐ隣の決まった席にいたもう一人の家族の姿が見えないということが、周囲の静けさをなにか偽りの不自然なもの、心ゆくまで味わうことの出来ない苦しい沈黙に似たものにせずにはおかなかった。母親はめったに病院の話をしなかった。だが一成が家にいた頃よりも母親がきいい兄のことで心を痛めていないとは、晴男には信じられないことだった。自然、彼も一成のことを話題にしなくなった。

二人の上を過ぎて行くかつてない平穏な毎日は、一成のことを忘れようとしているのではけっしてなく、ただ忘れたふりをしているほうが物事がうまく行くとお互いに納得させ合っているだけのものであった。晴男が母親に連れられて最初の見舞いに出かけたのは、五月なかばのよく晴れた日曜日だった。

二人は大船で横須賀線にのりかえて戸塚で降り、近くで花を買って、駅前から横浜行のバスに乗った。横浜の郊外とはいっても、車の窓から見る眺めはいちめんの単調な畠地と低い岡の連続であった。十ちかくもの停留所を過ぎ、岡また岡をこえて行くと、やはりそうした低い岡の頂きにK院というその県立病院はあった。

麓でバスを降りて、ゆるやかな坂道を登り、埃をかぶった丈高い木立の影の中をぬけて、明るい岡の上に出た。

そこからはさらにかなたのいくつかの岡が望まれ、空の色はどこまでも青く澄んでさわやかな風がかよい、まぢかに海があるのではないかとさえ思われた。その同じ岡には脳病院とすぐ隣り合わせに大きな結核療養所があったが、二人がさしかかった時、晩春の昼下りのおだやかな陽ざしを浴びて宏大な敷地のあちこちを散歩する若い男女の明るい笑い声が、林の中の鳥の声のようにすがたは見えぬまま風に乗って洩れてきた。

病院の正面の建物は赤い瓦屋根のしゃれた二階建であった。周囲にはきれいに苅り込んだ植込みがあり、玄関の前にはすばらしく大きなヒマラヤ杉が一本と、日の丸の旗を重そうに垂れた掲揚塔とがあった。庭で芝生の手入れをしている庭師と、ときおり遠景を足早に横切る白い看護婦のすがたのほか、あたりに人影は見えなかった。

おりから色とりどりの花が咲き揃おうという季節であった。窓べりの藤棚が白や紫の花房をいっぱい垂れて、明るい網の目のようなこまかい影を地面に落していた。

そして緋色の石板瓦《スレート》でかこった黒土の花壇には春のよりも色濃く大きな夏の花々が早くも咲きかけていた。

これらのものを目にした時、晴男は母親が「静かで、きれいで……」と自分を慰めるみたいに呟いていたのを思い出した。すべてが晴男の想像していたよりも明るく、休日の日の学校のようにのどかに、ひっそりとしているのだった。

二人は玄関の受付でしばらく待たされた。晴男は花束を抱いたまま、無言で母親と顔を見合わせた。母親は表情をととのえて、晴男と向かい合ったまま、眼はどこか遠くを見、耳はじっとなにかを聞き澄ましているように見えた。

附添いの若い看護婦が奥から出て来て、三人は二階の一成の病室にむかって歩き出した。内部もやはり明るく清潔で、誰もいないのかとおもうほど静まり返っていた。途中一度だけ、よく磨かれた長い廊下をむこうから別の看護婦が滑るように歩いて来て、出会いがしらに丁寧におじぎをした。母親が黙っておじぎを返したので、晴男もそれについて頭を下げた。

二階へ行くには、階段ではなしに、広い廊下がそのままゆるやかな傾斜をなして階上に通じているのであった。たぶんそれは患者達がうっかり転ばないようにそう作ってあるのだと晴男は思ったが、まるで広い遊戯場のような感じだった。

そして、どこか高いところに開かれた窓から、小さな青空が鏡に映したようにきらりと光って見えた。

いよいよ一成の病室の前まで来て、なかにはいろうという時、晴男はそこできい兄と会うのが初対面のように照れくさくてならなかった。彼はかすかな胸さわぎを覚えて、母親のほうを振り返った。

看護婦はおかまいなしに白衣のポケットから鍵の束をとり出して、そのひとつで病室の扉を開けた。

晴男が扉の隙間からのぞき込むようにして見ると、きい兄は家にいた時と同じ毛のたるんだ洗いざらしのセーターを着せられて、いかにも下駄ばきでここへ連れて来られたという恰好で落着かない顔をして窓のそばに立っていた。

晴男が先に立ってはいって行くと、一成は二人の顔を眼の奥から喰い入るように見つめた。それから、にわかに眼をかがやかせ、そわそわしだした。

自分を連れもどしに来たのだと思い込んだ様子であった。母親は明るい弾んだ声で、

「お利口さんにしていましたか？」と話しかけながらきい兄の顔をじっとのぞき込むようにして見たが、一成はもう連れもどしに来てくれたものと信じて、嬉しさに泣き出しそうな顔をしてただそわそわするばかりだった。

「まだあばれたりしますか？」と母親はちょっと看護婦にきいた。

「ええ、ときどき」看護婦はやはり病人の顔を見ながら、至極さっぱりした調子で答えた。

「そうですか」と母親は云って、またしばらくのあいだ一成の顔に見入っていた。

晴男は持って来た花束を抱いたまま、所在なく立っていた。

病室は南に面していて、鉄格子のはまった窓からすばらしく手入れのいい青々とした芝生を見下すことが出来た。午後の陽がさんさんとそそぐ窓辺のよく温められた空気は、きい兄がよく太陽に向かって大きな口をあけて何度も悪戯っぽくくしゃみをしていたあの子供部屋の日なたくさいそれを思わせた。けれども病室はひどく消毒液くさくて、そのために何もかもよそよそしく、きい兄さえもがまるで打ち解けにくい他人のように感じられた。

看護婦は湯を沸かすと云って出て行った。三人きりになった。

「そのお花を……」と云って、母親は部屋の中を見まわしたが、花瓶のようなものは勿論見あたらなかった。部屋の中は何の飾りもなく、殺風景で、畳の隅に家から持って来た手

まわし式の古ぼけた蓄音器が一台と、壁に一成のくたびれたフランネルの寝巻きが吊るしてあるだけだった。高く澄んだ日ざしがそれらの上に鉄格子を通してとめどなく降りそそいでいた。

母親はきちんと畳に坐って、風呂敷包みを解いた。一成がいちばん喜ぶのはあいかわらず食べもので、その日母親は朝から晴男を使い走りに動員して差入れの品々を揃えるのに忙しかったのだ。それらは皆一成の好きな物ばかりで、野菜と炒り卵を詰めたサンドイッチと散らしずしと海苔巻きだった。母親は折箱や竹の皮を畳の上にひろげて一成にたべるように云った。

一成は正坐して、まず何度も大げさに生唾をのみ込んだ。それから小さなサンドイッチを両手で捧げて持っておもむろに食べはじめた。そのやりかたは家にいた時と少しも変りがなかった。彼は眼の前に並べられた食べもののほうへちらりちらりと視線をやりながら、次第に急き込んできて、つぎからつぎへとがつがつ頰張り、嚙まずに吞み下して喉を詰らせ、眼を白黒させた。

はじめは満足げにじっと眺めていた母親があわてて止めなければならないほどだった。そして自分の分をすっかり平げてしまうと、今度は膝の上に落ちこぼれた飯粒やパン屑をひとつひとつ指先で拾って口の中へ入れる始末だった。

「まるで御飯をたべさせて貰っていないみたい」と母親は呆れて笑いながら、幾分いまいましそうに晴男に云った。

「僕は要らないよ」と晴男は立って窓の外を見ながら云った。自分まで喉の奥が詰まるようなあの息苦しい気持がよみがえって来て、彼はたまらなかった。

　看護婦がお茶を持ってもどって来て、母親にすすめられるままに海苔巻きをつまんで、食べながらせかせかと話をするのを、晴男は落着かない気持で聞いていた。自分はいまだにお嫁にも行かないで何年もこの病院で「あの人達」の世話をしているとか、「あの人達」の面倒をみるのはほんとうに気骨が折れるのだとか、でも「この方」なんかはこうして家の人にお見舞いに来てもらえてしあわせだ、患者のなかには最初に連れて来られたきりもう何年も家の人がたずねて来たことがないようなそんな可哀そうな人がたくさんいるとか、彼女はがさつな早口でしゃべっていた。それは聞きようによっては、いずれあなた達もこうしてたずねては来なくなるでしょうと云っているみたいにもとれるのだった。

　なるほど彼女はもうそんなに若くはなかった。肌はよごれて見えるし、真っ赤に染めた唇で品のない食べかたをしているのを見るのは胸が悪くなるようなながめだった。晴男は看護婦の顔を見、話を聞きながら、なんともわびしい気持になった。きい兄は毎日、こんな部屋でこの看護婦の云うなりになって暮らしているのだと思った。

何のために寝たり起きたりするのかもわからずに、夜が来て昼が来てまた夜が来て、三度のごはんをこの看護婦によそって貰って食べて、ただ月日が経って行く、ただそれだけだと彼は思った。ああ僕らはいったい何をしているのだろうと思うと、彼はこみあげてくる悲しみで胸をふさがれた。しかし、一成はといえば、彼は二人がたずねて来たことですっかり有頂天になっていて食べる仕事が終ると今度はレコードだった。

母親はあいかわらず看護婦の長話の聞き手をつとめながら、かたわらせっせと蓄音器のねじを巻いた。

レコードはどれも溝が磨り減っていて激しくきしった。水が走るようなかなしげな雑音のかなたから歌がかすかに聞えて来た。

　　雨の降る日にゃ
　　　雨傘ほしや
　　暗い闇夜にゃ
　　　提灯ほしや

と女の子がこましゃくれたきいきい声で歌っていた。

レコードが鳴り出したとたん、一成はもうご機嫌な笑みを湛えて、大きな坊主あたまをリズムに合わせて上下に振りはじめた。そうしてじっとしていられないといったふうに立ち上って、狭い病室の畳の上を歩きまわり、手拍子をとって歌いはじめた。

一成がその同じ歌を何度でも繰り返し繰り返しレコードに合わせてうたうので、母親はしまいに手がくたびれたと云い出した。そこで晴男と看護婦がかわるがわる蓄音器のねじを巻いた。

そうして一成が夢中になって歌っているあいだに、日はゆっくりと傾いて行った。陽ざしが遠のいて行くにつれて病室の消毒の匂いは、いつの間にか二人が持って行った花束の匂いに打ち消されて、ずいぶん長い時間そこにいたような気持を起こさせた。

晴男は看護婦と並んで窓の外を見ながらみじかい話をした。

「あなたのお家はどこ？」と彼女はきいた。

あなたと呼ばれたことで晴男は自分がすっかり大人あつかいされているように感じて、ちょっととまどいした。

それは海のそばにあるのだと彼はぶあいそうに説明した。

「そう」と看護婦は何の感動もなさそうに答えた。

しばらくして彼女は芝生を見下しながら、

「もうじきここでも運動会なのよ」となぜかつまらなそうに力のない声で云った。晴男はまたひどくわびしい気持になった。

一成はあいかわらず同じ歌をうたいつづけていた。もう誰が何を云おうと耳にはいらず、まわりにいる人間には目もくれぬといったふうに無我夢中で歌っていた。母親は眼くばせをして晴男を呼んだ。彼にはすぐその意味がわかった。いまのうちに一人ずつこっそり部屋を出てしまおうというのであった。

晴男はきい兄が見ていない隙にそっと扉をあけて廊下に滑り出た。母親もつづいて抜け出してくるはずであった。

突然部屋の中で歌がやんだ。そして足をばたばたさせる音とともにきい兄のわめく声がした。

「帰る！　鵠沼《くげぬま》のおうちに帰る！」と一成は泣き叫んでいた。

母親は取り乱したような、真っ蒼な顔をして出て来て、晴男の手を引いた。二人は逃げるようにして階下へ降り、そのまま病院を出た。

扉の向こうで看護婦に引き止められて必死に泣きわめいている一成の声が風にのってどこまでも二人を追いかけてきた。ほとんど駈けるようにして足早に坂道を下りながら晴男は母親に云った。

「今度はいつ来る？」

母親は彼の言葉が聞えたのか聞えないのか、それには答えないで息を切らしながら小走りに走っていた。

母親のあとを追って走りながら、晴男はふと看護婦が云っていた病院の芝生の上のちいさな運動会のことを思い出した。そして、あそこでもやはり空に万国旗を飾ったり紙吹雪を降らしたりするのだろうかと考えていた。

幼年詩篇

「詩集」――散文の本になら見事な標題だ
ルナール

I　馬糞《ばふん》ひろい

勝ちいくさがつづいていた。少年も紙の旗をもって町を行進した。学校ではお菓子の配給があった。彼は走って帰って母さんに見せた。少年の父は遠い軍艦《ふね》の上にいた。やがて彼はセロファンにくるんである乾しバナナにもあきてしまった。おやつのたびに乾しバナナだったから。それだけが町のさびれたお菓子屋に売れのこっていた。よく見ると小さな蛆がわいていることもあった。

皇軍は南洋のゴム園も占領したのだ。雪のふる日、少年はみんなとおそろいの運動靴《ズック》をもらって、かじかんだ手にはめて帰ってきた。家の中ではいて、そっと廊下を歩いてみた。

また別の日には、先生が教壇の上からまっ白いゴムまりをみんな一人一人にほうってくれた。ゴムまりはなんと白かったろう！　彼は何度もゴムの匂いをかいだので鼻のあたまに白い粉がついた。うれしくて壁や天井にもぶつけた。ぶつけたところに白いあとがつくのがおもしろくて。女生徒たちは赤い毛糸であんだ袋をゴムまりに着せて、両手で包むようにしてあたためていた。少年はみんなと外へ出て、まっ白いゴムまりを春がきた青空へなげた。そして、夜は寝るときも手にもって寝た。……

でもそれはずっと昔のことのような気がする。もうおやつの乾しバナナはどこへ行ってもないし、あのゴムまりもどこかへやってしまった。一足しかない少年の運動靴《ズック》には大きな穴があいた。

いまは負けいくさがつづいている。

またきょうも馬糞ひろいだろう、こんなにいいお天気だから――朝起きてまずそう考えるととても愉快だ。馬糞の匂いにも慣れたし、外へ出られるのがうれしくてしかたがない。たまに雨でもふって作業がないと、めずらしく教室でみんなと声を出して修身の本をよんだりする――

『……太平洋や南の海には、すでに新しい日本の国生みが行はれました。神代の昔、大八洲《おほやしま》の国生みがあつたと同じやうに、この話は、末長くかたり伝へられるものです。……』

そんなとき、彼は爪のにおいが気になって、指をこっそり鼻さきへ持って行く。先生は少年のこの変な癖に気がついている。

先生はつぶやく——

「誰だ、指のにおいをかいでいるのは。」

だからこれをやるときは、洟をすするふりをしたり教科書で顔をかくすようにしてやらないといけない。この癖はもうなおらないかもしれない。少年は馬糞の匂いが好きになってしまったのだ。

まえにはどうしてもそれをひろってあるくのがいやで、学校へ行くのもいやになったくらいだった。いまでも夢であわてることがある。

「これしきのもの、手でつかめなくていくさに勝てるとおもうか。——つかめ。」

まっ赤な顔をして、先生が馬糞をわしづかみにしてどこまでも追いかけてくる。

少年は必死で逃げて目がさめる。そして「おかしいな。もういまじゃ平気でつかめるのに。」とふしぎにおもう。それから念のため蒲団のなかで爪のにおいをかいでみて、つかめるのに。」とふしぎにおもう。

朝、登校して、きょうも作業だと知らされると、みんなとびあがってよろこぶ。いっせいに小使い室の横のくらい物置小屋へとびこむ。穴のあいてない一番いいモッコをわれさきにとろうとする。穴があると、そこからせっかくあつめた馬糞がみんなこぼれてしまうのだ。モッコはたいてい藁が腐っていて気持のわるい水がじゅくじゅくしみ出る。最初のころ、彼はモッコをきたながってずるずると地面《じべた》をひきずって歩いていた。すると彼はぶたれた。――大切な農具を粗末にしたというので。で、彼はいまなら腐ったモッコを頭からすっぽりかぶってみせることだってできる。

少年はみんなについて学校の坂を藤沢の銀座通りのほうへまっしぐらにくだって行く。早く行けばまだほうぼうにあたらしいのが落ちているだろう。馬糞はみんなに人気があるので早い者勝ちだ。それはひろいやすいし、牛の糞みたいにきたない感じがしない。まるでふかしパンのようだ。

みんなの知らない場所に、まだ車にも踏まれていないすてきな馬糞が三つも四つも落ちていると、少年は心臓がとまるような気がする。おもわず声をあげそうになる。そして、まだあたたかくて彼の手にはいりきらないくらい大きなのを大急ぎで自分のモッコに入れてしまう。なんだか悪いことをしているみたいに背中がぞくぞくする。

もし何人かで同時にみつけたのだったら、ものすごい奪い合いになるところだ。馬糞がだいじなのも忘れて、蹴ちらしたり相手の胸になげつけたりする。そしてあとでこなごなになった獲物をながめて後悔するのだ。

馬糞がないときはほんとうに困る。水のような牛の糞は吐いたみたいに道路の石にこびりついている。うまくはがれないので、しゃがんで木や竹のへらでけずってとる。時間もかかるし量もすくない。牛の糞はみんなもきらいだ。

馬のものも牛のものも落ちていないとき、少年はずいぶん遠くまで行く。みんなもてんでに好きなほうへさがしに行く。毎日が遠足のようだ。たまに荷馬車か牛車が通るとそのあとをつけて行く。彼は二、三人の子と荷馬車のうしろにこっそりぶらさがっていて、馬方にいきなり鞭でぶたれたことがある。

ひろうものがない。どこへ行ってもみんな空《から》のモッコをかかえてうろうろしている。このごろ町にはもう馬はいないようだ。元気な馬は徴用で戦地に出されてしまったのだろうし、牛もあまり見かけない。動物の匂いがするので行ってみると、きたならしい豚がいるだけだ。

こないだ、少年は空っぽのモッコをかついで町をぼんやり歩いていて、母さんに会った。

「学校は?」

母さんはびっくりしたような顔をした。彼がサボって町をあるいていると思ったのだ。少年は毎日学校で馬糞ひろいをしていることを母さんにはいわないでいたから。

それは少年が先生にぶたれても家には黙っているのとおなじだ。そういうことは男どうしでなければわからないことなんだ。ほんとをいうと彼は毎日のようにぶたれている。

「おれにびんたをまともにくらったやつは、そこの（と、先生はゆびさして）壁をつきやぶって廊下の窓から、はるかむこうの満洲国のハルビンまで吹っとんで行ってしまうのだぞ。鉄砲玉のように。――いいか。」

先生は息ができないほどひどく彼をなぐる。先生の手はタバコのにおいがする。なぐってからまたタバコをすう。先生は彼をなぐる前やなぐったあとで、「お前がかわいいからなぐるのだ。」といつもいう。少年はそれをなぜだろうと思って、痛いのは忘れてしまっても先生の言葉はおぼえている。

町で母さんと会った日の晩、母さんは彼が「放浪癖」があるのではないかといった。でもまだそのときはそうじゃなかった。

このごろ、少年のかよっている国民学校ではどの学年ももう授業はやらない。四年生は馬糞ひろいのほかに、山のほうの農家へ麦踏みや田んぼの「あんきょはいすい」（暗渠排水）に行く。農家では主人も息子も戦争に行ってしまったので。

少年はみんなと見わたすかぎりの麦畑に散らばって、うす暗くなるまではだしで足踏みをする。一組から三組まで全部で百五十人くらいいる。百五十人の足でやっても麦畑はひろい。あきて相撲をとったりする。先生がぐるぐる見てまわる。するとみんなはまたおとなしく足踏みをする。先生は、「おい、みんな、景気よく歌でもうたいながらやれ。」という。で、みんなすこし軍歌をうたう。予科練の歌や、ああ堂々の輸送船なんかをうたう。でもじきにやめてしまう。歌をうたうとよけいおなかがすくから。

作業がおわると、しばらくは歩けない。みんな草の上に倒れていると、そこの家でふかした小さなイモだんごを一人に三つか四つずつくれる。百五十人分のイモだんごを三時ごろから作りはじめるのだ。――彼はちゃんと知っている。大きなせいろが庭先でさかんに湯気をたてているのが遠くから見える。

彼ははだしのまま、みんなとその辺の地面《じべた》に坐って、よごれた手でイモだんごをたべる。引率の先生たちも農家の座敷にあがってイモだんごの大きいのをたべている。先生と農家の人たちがしゃべりながら両方で何度もおじぎをしているのが見える。

彼はそこの家の井戸ばたで足を洗わしてもらって、並んで帰る。農家の人たちは道の上まで出てきて、みんなに、「ありがとよ、ありがとよ。」という。暗くて顔は見えないけれど、そういっている。

少年はおやつをくれるなら毎日でも行ってもいいとおもう。朝、教室の窓の下に整列して出かけるときから、きょう行く家では何をくれるかしら、イモだんごなら一人にいくつくれるだろう、と考えるのは楽しみだ。そして彼がみんなと並んで校庭を出て行くと、昔は運動場だった野菜畑で一、二年の子や女生徒たちが草むしりや石ひろいをしている。でも空襲があるとその作業もない。朝、出がけに警戒警報が鳴るとしめたと思う。きょう一日何をして過ごそうかと考えて、うきうきとはしゃぐので母さんにうるさがられる。おなかがすいたといいに行ってはうるさがられる。

母さんはいう——

「あばれるからおなかがすくの。すこしじっとしていたら。」

じっとしていても彼のおなかはすくのだ。

学校にいてもいまにサイレンが鳴るのじゃないかとおもって待ちくたびれる。するとかならず鳴るのはふしぎだ。みんな帰れると思ってすっかり興奮してしまう。先生は、「すぐ教室へはいれ。」といっておいて職員室へ走って行く。みんなは先生が「帰れ。」といいにくるのを待ちきれなくて、机のふたをがたがたいわす。「机のふたを鳴らしたやつは前へ出ろ。」——先生は怒るけれど、空襲だし、五十人もなぐっているひまはない。

少年はまっすぐ帰るのがなんだかおっくうで、いつも道草をくう。みんなと別れて一人になってから、よその家の門の石などに坐ってぐずぐずしている。途中でB29に会う。キラキラしてとてもきれいだ。音だけして見えないとおもうと雲のなかから出てくる。B29は銀紙《ぎんがみ》をふらすこともある。艦載機がきたときは別だ。そのときは空から見つからないように塀にそって走って帰る。グラマンは子供でも撃つ。

少年の「放浪癖」はたぶんそんなふうに学校がしじゅう休みになるようになってからはじまったのであった。

夏が近づいたある日、彼がおもてへ出てみると、近所にいる『服部』という六年生の子がよその家の垣根の根もとをしきりに手で掘っていた。その穴へ服部はあやしい封筒のようなものをかくして、砂をかぶせた。そしてひょいとうしろを見ると少年が立っていたのだ。

少年がむこうへ行こうとすると、服部は呼びとめた。埋めた物をあわてて掘りおこしていた。

「やるからしゃべるな。」

服部は袋の中からお金を一とつかみ出して彼にうけとらせた。

彼が黙っていると、相手はまた穴を掘りながら、これは自分の組の一と月分の学級費を先生の戸棚からかっぱらってきたのだといった。そして、それを使ってしまったら自分にいうといい、またやるから、といってさかんに手で土をならした。ほかにもあちこちの家の竹垣のすきまとか樹のうろ《ヽヽ》なんかに少しずつ分けてかくしてあるけれどそれはひみつだ。

……

少年はおどろいてものがいえなかった。服部はいつも組長をしている模範生で先生たちに信用のある子だったから。

彼はとにかく黙っていることを約束したけれど、お金は使いみちがないのでかぞえもしないで自分の家の垣根の下に埋めた。しばらくのあいだ彼はお金をそこへ埋めたことも忘れていたくらいだった。

ある日、ふと思い出して、あれを使ってみたらと考えた。

少年は土の中から砂まぶれのしめったお札《さつ》と銅貨をほり出して、駄菓子屋へ行った。店の中を見まわしてもおなかの足しになるようなものは何もなかった。それでも彼は砂糖をまぶした食パンの耳だのコンブだのイカの足だのをつぎつぎとたべ、細いガラスの管にはいった赤い寒天のようなものを何本も店先で吸った。そして一と通りたべてしまうと、今度は蠟石やビー玉で半ズボンのポケットをふくらました。最後にまとめてお札で払った。すると、お釣りがいやになるほどきたので、はじめてすごい大金をもっていることがわかった。

しかしその日はもう欲しいものもなかったので、残りのお金はまたもとの場所へ埋めた。

そのうちに服部は、少年にも彼の組の学級費を盗み出したらどうか、とすすめた。それをやるのは先生がみんなから学級費をあつめた日の放課後でないとだめだ。どの先生もたいていあつめたお金をひとまとめにして一日ふつかは机の引き出しやうしろの戸棚にしまっておく。その日にお金を忘れる子もいて全部は集まらないからだ。鍵はかかっていないことが多い。服部は、自分は校長室にもしのびこんだことがある、といった。だけど校長室には盗るものがなかったのだ。

少年は一度だけそのつもりで放課後の教室へ行ってみた。戸棚にはちゃんと鍵がかかっていたし、先生の机には大したものははいっていなかった。授業中に誰かが見つかって取りあげられたパチンコとかべーゴマなんかが入れてあるだけだった。——彼は忘れ物があるような顔をして、がらんとした教室へわざと大きな足音をさせてはいって行ったのであった。そこの空気はなまぬるくて、ほこりくさかった。作業や空襲で教室はもうめったに使わなかったから。黒板には先生の字でずっと前の日附と曜日が書いてあった。みんなの机の上にもあついほこりがたまっていて、さわると指のあとがはっきりのこった。彼は先生になったつもりで教壇の上から自分の席のほうをちょっと見おろして、それから出てきた。

少年はなんとなくあのお金をはやく使ってしまわなければいけないような気がしていたのだ。そこでむりにでも使おうとしてほうぼうの店へ行ってみた。非常時で売る品物がないのでどこの店も商売をやめて店先を物置きがわりにしていた。

彼は一軒のさびれた文房具屋へはいって行った。そして売れのこっている古い品物を見ているうちに急にインクの吸取紙がほしくなり、それを幾束も買った。けれども店を出てから吸取紙は全然使いみちがないことがわかった。で、そんなものを山のように買ったのがいやになって、全部束をほどいて溝《どぶ》に捨てた。

少年は買い物にはくたびれてしまった。そんなある日、彼はこのお金でどこかへ行こうと思いついたのであった。

朝起きるとすばらしい夏の天気なので、彼は電車で鎌倉へ行くことにした。ひとつは海のふちを走る電車に乗ってみたいのと、大人の話をきいて鎌倉にはいろいろ見物するものがあるような気がせんからしていたのだ。

彼はその計画に近所の養鶏所の『高橋』という子をさそった。学校へ行く途中、彼はお金をみせびらかして、「いっしょにくれば分けてやるのに。」といってみた。高橋はおとなしいウサギのような子なので、彼はしまいにはおどかすような口をきいた。

高橋は長いことぐずぐずしていて、けっきょく、行くのはよす、といった。彼は腹を立てて、それならば自分がサボることを黙っていろ、といった。先生はきっと彼の家のいちばん近くにいる高橋に自分のことをたずねるかもしれないから、そうしたら知らないといえ、といった。

高橋が絶対にいわないと誓って一人で学校のほうへ歩いて行ってしまってから、少年はとても後悔した。高橋のやつは先生におどされればきっとしゃべってしまうだろうと思った。

でも天気はいいし、彼は電車で海を見ながら鎌倉へ行く計画だけは思いきることができなかった。彼はかまわず鵠沼《くげぬま》の駅へといそいだ。

改札口の横にしばらく前から空き家になっている売店の小屋がある。裏口の戸がこわれているのでこっそり中へはいった。暗くてクモの巣だらけだったけれど、羽目板のすきまから日がさすので、天井の近くにある一番高い棚によじのぼって、そこへ防空頭巾とカバンをかくした。それから、ふかしイモの弁当包みだけを脇にかかえて鎌倉行きの切符を買い、電車に乗った。

学校がはじまる時刻は過ぎていたので電車はすいていた。大人ばかりだった。初めての計画に少年はすっかり興奮していたから、しばらくはそわそわして外の景色も目にはいらなかった。

藤沢の町から遠ざかるにつれて落ちついてきた。やっぱり一人で来てよかったと思った。少年はまえからこの小さな電車が好きでならなかったのに、乗る機会は一年に何回もなかったのだ。なぜ好きかというと、この電車は東京の市内電車のように、パンタグラフではなくポールではしる。単線なので上りと下りの電車が中間の駅で待ち合わせてすれちがう。そのとき両方の運転手が窓から首を出して革のカバンのようなものを交換するのがおもしろい。線路には草が生えている。名前のわからない小さな花が咲いているのもある。ときどき犬や猫が馬鹿にしたようにゆうゆうと前をよこぎる。

少年は運転手の背中からはなれないようにしていた。

海へ出る前に腰越の漁師町を通った。そこには蠅がたくさんいた。いやな匂いがしていた。海藻のにおいと、魚のはらわたが日にあたって腐っているにおいとがまじってした。そこの駅からは魚くさい股引《パッチ》をはいたじじいやうるさく泣く赤ん坊をおぶったおかみさんが乗った。

とうとう海へ出た。電車は崖のふちを走った。海はずっと沖のほうまで見わたせた。波のない海面に口で吹きよせたようなこまかい皺がいちめんにできて、キラキラとまぶしいくらいに光っていた。

砂浜には水色のペンキがはげた納涼電車の車体がうもれていた。屋根には蒲団や洗濯物が干してあった。――ずっとむかし戦争がなかったじぶん、夏になるとそういう電車が走ったのであった。夜、ゆかたを着てみんなで花火を見に行ったわ、と母さんが話したことがある。

少年は下駄をぬいで窓から海を見ていた。するとすぐ隣りで、モンペをはいた女の人がふたり、彼のほうを見ながら話をしているのが目にはいった。

彼はきき耳をたてた。自分のことを話しているんじゃないかという気がしたのだ。――「たくの息子も、何と申しますか、犬鼻だもんですから鼻の通りがわるうございましてね。それで一度思いきって手術をしていただいたらと、主人も申しますものですから、……」

「鼻の病気はねえ、なかなかむずかしゅうございますからねえ、……」

「おたくのお坊っちゃまは、……」

そんなことを何回でもくどくどとしゃべっていた。

その二人とも国民学校に行っている男の子がいて、その子の鼻が悪いので物おぼえがにぶく学校でもできないから困るという話らしかった。

いやなばばあたち！　少年は、自分のことが目にはいったもんで二人が子供の話なんかしだしたのだと思った。そして急に居心地が悪くなった。「学校」とか「先生」とかいう言葉が出てくるとおもわず耳をすました。どこの学校だろうと思った。

そうして電車が海のふちをのろのろと走っているとき、いきなり空襲警報のサイレンが鳴った。

　その朝はまだ警戒警報も出ていなかったので、乗っていた大人たちはみんなあわてた。これは艦載機がきたのかもしれない。

　少年は少年であわてていた。ここで死にでもしたら自分がどこの学校の生徒であるかわかってしまうし、サボってこんなところにいることもばれてしまう！

　女の車掌がさけんでいた——

「おりて松林の中へ退避してください！」

　すると、さっきの女の人の一人のほうが少年がうろうろしているのを見つけて、たずねた——

「あなたはどこの学校？」

　少年は正直にこたえた——

「お母さんのお使いで鎌倉まで行く。」

「防空頭巾は持っていないの？」

「忘れた。」

「そう。じゃあ、一人ではあぶないから、おばさんについていらっしゃい。」

　そこで少年はそのおばさんに手をひかれて松林へ走った。おばさんが彼の手をしっかり握っているので逃げようにも逃げられなかった。

みんながかたまって松林でうずくまっているあいだ、下のほうでは波がざわざわしていた。一時間もじっとしていたけれど何ごとも起こらなかった。敵機はたぶん別の方向へ行ったのだ。

少年は大人たちにまじって一人でいるのが退屈になり、すきを見て逃げ出した。

彼はなんとなくきょうは鎌倉へ行くのはよそう、そして帰りはどんどん海を歩いて帰ろう、と心ぼそい気持になっていた。すこし歩いて後もどりした。江の島がすぐ目の前に見えてきたとき、もう大丈夫だと思った。

彼は砂浜に坐って弁当の包みをひろげた。冷たくなったふかしイモが三本、それでもなるべく固くならないようにていねいに包んであるのを見ると、さすがにいやな気持がした。おなかはふくれたけれど、ちっとも楽しくなかった。

海の水がさかんに動いているのを見つめながらふかしイモを食べているうちに、少年はふと、水はまだつめたいかしら、と考えた。

まだ泳ぐのには早いけれど、もう風はあたたかいし日も照っている。

少年はずっと砂浜を見わたした。人ひとりいなかった。彼は着ているものをぬいだ。パンツもぬいで、ほかのものといっしょに一枚ずつ松の木の枝にかけた。

水はやっぱりまだつめたかった。彼はおそるおそる腰の辺まではいって行った。それ以上進む気はしなかった。――こわかったのだ。誰もいない、誰も見てもいない大きな海へたった一人ではいって行くのはこわかった。

日がかげると、海水の緑色が魚の背のような色にさっと変った。どこか遠くでまたサイレンが鳴っている。

少年はふるえながら水から出て、松の木のほうへ駈けて行った。

これはまた、どうしたことだ！　彼は何度もあたりを見まわした。――彼のパンツがなくなっていた。シャツもズボンもあるのにパンツがなかった。

少年はほんとうにあわててしまった。これは一大事だと思った。家へ帰って母さんに何といえばいいのだ。彼は頭をしぼって、どんな場合に子供はパンツをなくすことがあり得るか考えてみたけれど、名案は浮かばなかった。

海へ行ったことはけっきょくばれてしまうだろう。少年は重い気持でズボンだけをはいた。そして、いまごろみんなと馬糞ひろいをしていればこんなことはなかったのに、と後悔した。

お金がなくなると家の中を見まわして、何か売るものはないかという顔つきになる。父と母の習性が少年にも乗りうつったのである。

少年は応接間の気持のよいソファに寝そべりながら、これもそのうち売りとばされるのじゃないかしらと考えるのであった。座敷のマホガニーのテーブルもいつのまにか姿を消した。いま狙われているのはこのソファのセットだということも彼にはわかっている。

父が復員してきてから少年の家では売り食いということがはじまった。父はまず自分のものから売った。

戦争前からたまっていた本を処分することになった。そこで少年は母と汽車に乗って、東京のデパートの古書部へ何回にも分けて売りに行った。しゃれたケースにはいった沙翁全集だの国訳漢文大成だのいう目方のある本を二人で背負ったりかかえたりしてはこんだ。

少年は東京へ行けるというだけで大よろこびであった。

古本は大した値段にはならなかったけれど、そのおかげで三人何日か生活できた。それから、順序として、本が並んでいた棚もいらないから古道具屋に売った。道具屋はほかのものも物色して帰った。

少年の父は着流しではいってきて笑っている。

「部屋が広くなってさっぱりしたじゃないか。」

いまそこに残っているのは一組のソファだけだから、つぎにはそれがあぶないのだ。

父はけっして「売る」という言葉は使わない。「処分する」という。それは父が軍人だったからだと少年には思われてならない。「売る」というのはなんだかみじめで癪であるが、「処分する」といえば勇ましくて景気がいいという気もする。父がパイプをくわえてのんびりと家の中を見てまわっているときは、つぎに処分する品物をあれこれと腹の中できめているのである。少年の父は「金がない。」といういいかたも絶対にしない。そういう場合はただ黙っているか、「どうも思うようにならんものだ。」という。

少年の母は見えぼうなので、お金がないことを「手もと不如意《ふにょい》だから。」などと気どっていう。

まえに父と母の会話に「セブン」という言葉がしきりに出てくるのを、少年は南方の地名かなにかだろうと聞きすごしていた。あとでわかったけれど、それは質屋のことなのだ。

母がしょっちゅう大きな風呂敷包みをかかえて出て行くのをセブンへ行っているのだと

は彼も知らなかった。母の行きつけの質屋は戦争ちゅう彼の父とおなじ海軍にいて、零戦《ゼロ》に乗っていたのだった。

「おれも海軍なのよ。」

と質屋はわらう。

「そういっちゃあ何だけど、いまは軍人さんにはつらい時代だよなあ、奥さん。」

そして母の持ち物がいよいよタンスの底をついてきて、ろくな値打ちもないような古い着物を持って行っても零戦の操縦士がよその質屋よりもずっと多く貸してくれるのである。

少年の父は大佐であった。だからいまは部下の世話になっているようなものなのだ。

戦争がおわると少年の父は追放をうけた。追放とは今後死ぬまで家の中にばかりいて外へ出ないようにという命令である、と少年は思いこんだ。なぜなら彼の父は世間に通用しない人間なのだからこれからは道も歩いてはいけないのだというふうに考えたのである。

少年は学校へ行くと友達からいわれた。

「お前んとこのおやじは戦犯で逮捕されただろう。」

「されないよ。ちゃんと家にいるもの。」

すると相手はいった。

「じゃあ、いまにMPがつかまえにくらあ。」

だが少年の父は一度証人として占領軍の法廷に呼ばれただけで、喚問がすむとアメリカの缶詰をおみやげにもらって帰ってきた。追放だけですんだのだ！　少年は父のそばを離れなかった。その晩父はたくさんお酒をのんだ。缶詰の中身はピーナッツであった。

少年が学校へ出す書類に父はいつも「無職」と書く。それもとても達筆で。

これからも当分のあいだ父は家にいて売り食いでやって行くと母に話している。もう売れるものはみんな売ってしまったのに、と少年は思う。

売ったなかには少年が愛していたこわれた蓄音器や海水浴の縞のパラソルもあった。父がむかし観艦式のときなどに着た大礼服や大礼帽、半ダースほどの立派な勲章も買う人があった。軍服は農家へ持って行ってお米やさつまイモととりかえたようだ。母がつぎに買い出しに行ったとき、農家の主人が父の軍服を着ていたと帰ってから話していたから。

少年の父は何でもかんたんに売ってしまうので、ときには母がとめなければならないほどである。去年の暮れ、父はむかしからとても大事にしていたよそ行きの短靴を売ってしまった。エナメル革のすばらしい舶来物で、そのときは正月の餅代が必要だった。

母はとめたけれど、父はいいから処分してこいといった。

「もう当分外へ出ることもあるまい。」

父はこの世にもう惜しいものなんかあるものかという顔をしている。

「また買えばいいさ。」

「じゃ、売らしてもらいましょうか。」

母は靴を包んで売りに行った。

だが父はほんとうは惜しかったのだと少年は思う。なぜなら年があけても父は処分した靴のことをいって、元日の朝へんな俳句のようなものをつくったくらいだから。

「すずりと筆をもってこい。それから色紙と。」

父は筆をなめてさらさらと書きおろした。

元旦や古靴化けし雑煮かな

物を売りに行くときはいつも母が行くのだけれど、少年もたまには使いで行く。彼が行くときはもう店と話がついているときで、彼は風呂敷包みをかかえて行けばいいのだ。母の書いた手紙をいっしょにつけて行くこともある。すると古着屋の主人がそれを読んで、二、三回品物をひっくり返して見てからお金をよこす。

「おっかさんは大分加減が悪いのかい。」

と主人がいう。

それは母の手紙に、わたくしこと床に伏しておりますので子供をやります、などと嘘が書いてあるからである。

これはまた別の日、父が応接間の戸棚をごそごそやっていると思ったら、古ぼけたテニスのラケットを出してきて少年に見せた。

「こいつはガットが切れているが、張り替えれば立派に使える。これを処分してお前のグローブでも買えばいい。」

少年の母も反対はしなかった。

そこで彼は日曜日に汽車賃だけもらって、勇んで東京へラケットを売りに行った。銀座の焼け跡のあいだにぽつぽつと店があった。

少年は大きな運動具店へあてずっぽうにはいって、風呂敷包みをといた。

「これを買ってください。」

店の人はラケットを手にとって真横からながめた。

「これはだめだ。反《そ》っている。」

そして、少年が不服そうな顔をしたので、ラケットというものは枠が反るともう売り物にならないのだ、だから反らないようにこういうもので締めつけておく、といって締め木のようなものを参考までに見せてくれた。

見ると、その店の棚には色とりどりの新品のラケットがずらりと並んでいる。彼は恥ずかしくなって、持ってきたラケットをろくに包みもせずに店を出た。

銀座の人ごみをすり抜けるようにして歩きながら少年は涙ぐんだ。自分の涙がひどく恥ずかしかった。彼はラケットが売れもせぬうちからあれも買おうこれも買おうと欲しいものばかり頭の中にならべていたのだし、父と母にはおみやげに何か食べるものを露店で買って帰ろうとそこまで考えていたのであった。それが、こんなラケットは骨董品も同然なんじゃないか。

母は少年がラケットを持って帰ってきたのを見て、声をかけた。

「だめだったの。」

彼はふくれていた。

「反っているくらい何だ。ガットを張り替えればじゅうぶん打てる。むこうの品だぞ。」

父は少年をかばうようにそういって、ラケットの網を手でぽんぽん叩いた。そして英国のウインブルドンというところではどうこうといって自分の若いときの話をはじめた。

父と少年とで物を売りに行くこともある。二人はずいぶん変な物を売りに行くようになった。

春休みに父は少年をつれて蚊帳を売りに行った。新橋の裏のほうに高く買う店があると新聞の広告で見て出かけたのである。

少年の父はそこの店の暗いカウンターに蚊帳をひろげて、怒ったようにいった。

「これを処分したいのだが。」

おおぜいの客がつめかけていたので、店の主人はすぐには父の言葉に応じないでひどく待たせた。

「ちょっとお待ちになって、その前にひとつこれをとっくりとごらんくだすって。」

主人は勿体ぶって値段表のようなものを父に差し出すとむこうへ行ってしまった。

父はその蚊帳の引き取り値を読んだ。

「何だ、ばかに安いじゃないか。」

父は怒って少年の顔を見た。母に教えられてきた値段とあまりにも見当がちがうのだ。

「やめる。これでは話にならん。」

父はさっさと蚊帳をたたんでしまった。

すると別の客の相手をしながら父の顔色をうかがっていた主人が、すかさず父を呼びとめた。

「旦那、それがこの辺の相場なんで。手前どもはその倍に頂戴しますんで。」

相手は駈け引きをしているのに少年の父はそういうことがまるでわからないのであった。

「それならそうとなぜ早くいわんか。」

父はいきり立ってまた蚊帳の包みをほどいた。

二人が持ってきた蚊帳は来客のときにだけ吊る上等の白蚊帳だったので四千円に売れた。

そのお金を持って父と少年はごみごみした駅前広場へ出た。蚊帳が思ったより高く売れたので父は得意そうだった。それは別に父の手柄ではないのだけれど、いつも母から「だめなひと。」だとか「経済観念がこれっぽっちもない。」とかいわれているので、無事任務をはたして帰還できるのがうれしいのだと少年は思う。

彼ははねるようにして父のそばを歩いた。

「ずいぶん高く買ってくれたね。」

「しかしはきはきせぬ妙なやつだな。あの男の魂胆がわからん。」

少年の父はてれくさそうに首をふった。

少年は闇市で売っている物を一つ一つゆっくり見て行きたかったのだ。ところが彼の父はこんなふうに人のおおぜいあつまる場所は大嫌いだといって、むやみと彼をせかした。

「何がほしい。これか、あれか。」

少年はあれこれと目うつりがして迷った。

「それならあとにしなさい。帰ってからお母さんに買ってもらいなさい。」

そういうわけで父は蚊帳のお金には一銭も手をつけずに帰って、そっくり母に渡した。

そうしてそのお金があるあいだ、少年の父はあいかわらず家にいてぶらぶらしている。

一日、茶の間の火鉢のそばに坐って配給のタバコをおいしそうに吹かしている。

母がそのそばへ来て坐る。

「明日《あす》からどないしましょう。」

というと、父は打てばひびくように、

「なにか処分するものはないのか。」

とこたえる。

母は少年にいう。

「このごろうちのお父さんはだんだんお祖父《じい》さんに似てきはったわ。」

少年の父の父はサムライの家に生まれて明治の役人になったが、年をとると人に会うのをいやがるという厄介な病気になり、そのために勤めも途中でやめて、死ぬ前の何年間かは火鉢のそばにじっとうつむいて坐ったまま家の人とも口をきかなかった。それに少年の父は似てきたというのだ。

しかし彼の父はまだ口もきくし、母がつめよると、

「まあ待て。おれにも考えがある。」

といって二人を安心させることだってある。

「応接間のセットだが、」

ある日、とうとう父はいい出した。

「あれを処分するか。」

母は顔色を変えた。

「あれだけはだめですよ。あれがなかったら応接間として恰好《かっこ》がつきませんもの。」

「客はこれから座敷へ通せばいいだろう。」

父はめずらしく合理的な意見を吐いたのだ。まったく、こんなに生活に困っているのに応接間だけを飾り立てておくのはむだみたいなものだと少年も思う。しかし少年の母は美しいソファやそれと対になった肘かけ椅子に愛着があるので、誰もたずねてくる人がなくても応接間だけはきれいにしておきたいのである。

こうしてソファは救われた。

だが別の日、父が火ぶくれのした掌で茶の間の火鉢のふちを叩いたとき、火鉢の運命はきまったのだ。

「この支那火鉢は大きすぎてじゃまになってきたな。」

幅が一メートルもある青い焼き物の火鉢で、これは戦前はるばる上海《シャンハイ》から帆船《ジャンク》に積まれて海をわたってきたものだった。

「しかも燃料の不経済だ。」

父は宣告した。

あくる日、火鉢はなじみの古道具屋がリヤカーではこんで行った。

家の中のものがひとつひとつ消えて行って、さすがに売り食いだけではやって行けないことが少年の父にもわかってきたのである。父は職さがしに出かけた。うまく就職している同期の軍人や昔の部下のつてをさがしもとめて、自分を使ってくれないかといってまわった。だが彼の父は家で火鉢のそばに坐っているあいだにほかの復員者にすっかり立ちおくれてしまっていたのだ。朝出たきり夕方まで何も食べずに歩き通して、ひどく日に焼けて帰ってくるだけであった。

父は母に叱られる。

「なんぞパンでも買うて食べなさったらどうですの。おこづかいをあげてあるでしょうが。」

「パンを買っても落ちついて食う場所もなし。」

そこで母は父に弁当を持たせることにした。ところが父はその弁当を嫌って、包みのままそっくり持って帰る。出すのを忘れていることさえある。母が焼いた代用パンにおかずを添えたもので夜にはすっかり固くなっている。で、それはけっきょく母と少年がたべる。

少年も毎日学校へ同じものを持って行く。クラスの農家や商店の子が真っ白な闇米のごはんを持ってきているときなど、彼は自分のをあけるのが恥ずかしい。いま彼の行っている中学へは国民学校のときの仲間がほとんどそっくり来ている。みんなは彼が軍人の子だということを知っている。戦争ちゅうは彼は父が軍人だというのでうらやましがられた。そのお返しがきたのだ。先生が教壇で軍人がいけなかったのだというう話をするとき、彼はみんなが自分のことを見ているような気がするのだ。(軍人の子でなにが悪い?)心でそう思っても少年は顔をあげていることができない。

みんなが自分の着ているものまで見ているような気がするのである。彼の父が売り食いをしていることは彼が着ているものを見ればわかる。彼はいつも母が染めなおした服を着て、つぎのあたった運動靴をはいているから。

こないだも隣りの子が手についたインクを少年の上衣で拭こうとした。彼はいきり立って、その子のこめかみを殴りつけた。

殴られた相手はむりに笑おうとしていた。

「拭かせたっていいじゃねえか、そんなボロ服。」

「自分の服で拭け。」

少年はおもわず大きな声を出した。そしてまわりにいた連中にまでそんなふうに侮辱されたことを知らせてしまった。

みんなはあっけにとられていた。服のことぐらいで彼がどうしてそんなに怒るのかわからないという顔をして。

みんなで少しずつお金を出し合って何かしようとするときは、少年のいちばんつらいときだ。彼はポケットにおこづかいを持っていたためしがないから。そんなことが何度もつづきすぎたのである。

「こいつは金を持っていたことがないよ。」

ある日、とうとう誰かが大発見したようにみんなの前でいった。

少年の父も朝出るとき汽車賃のほかは持って行かない。出先で誰かに会ってちょっと話をするときなどは困ることがある。

夏の暑い日に父は東京の街を歩いていて、むかし父の軍艦《ふね》に乗っていた部下の水兵にばったり出会った。

水兵がとつぜん立ちどまって敬礼した。

「司令ではありませんか。」

その人は水兵服のまま闇米のかつぎ屋になっていた。

「よろしければどこかで冷たいものでも。」

父は弱った。

「金を持たんのだが。」

すると水兵は屋台店でサイダーをおごってくれた。相手はかつぎ屋だから景気がいいのだ。父はその人にも就職のことをたのんだ。水兵は父にもかつぎ屋をやらないかとすすめたけれど、父はそれは若い者のすることだからといって辞退した。

「いい口があったらお知らせします。」

水兵は父の住所をきいた。そして、二人は敬礼して別れた。

少年の父は猛烈に歩く。一日に大変な距離を歩くのだから、じきに靴の底がすりきれて母をなやます。父の靴は底を張っても張ってもおもしろいようにすりきれる。張り替えができないときは靴下にも穴があく。

「はだしで歩いているようなものだ。」

父は怒ったようにいいのこして出て行く。

母は少年にこぼす。

「お父さんの履きものでは、おかあさん、あたまが痛いわ。あんたとちごうて下駄いうわけにもいかんし。」

しかし、そうして歩きまわったかいがなかったとはいえない。しばらく前から少年の父は同期の二、三人の軍人たちと発起人になって、ある「観光事業」に没頭している。

横浜からバスで一時間も山のほうへはいったところに、戦争前から誰かの大きな庭園がある。まわりには山あり林あり、牧場まである。そこを開放して大人の遊び場や子供の遊園地をつくろうというのである。

春にはいちめんに桜が咲くし、桃や栗の木なんかもたくさんある。

屋敷は外人むきに改築して料亭にする。

少年の父は自信ありげにいう。

「らいねん桜が咲くころ店開きだ。あの庭で毛唐にスキヤキを食わせてやる。」

父は同志と何度もそこへ下検分に出かけた。そのために交通費だの交際費だの何やかやと金がいるのだ。またしても父は家にあるがらくたを洗いざらい処分した。母はセブンにかよった。そして父は出資者をつのるために朝はやくからほうぼうを駈けまわっていた。でも父の計画は当たればそれこそすばらしいだろう。それまでもうしばらくのしんぼうだと少年も思う。

日曜日だというのに、朝から客が来ている。応接間の例のソファにもたれて、海軍少将や大佐だった人たちが商売の相談をしている。

料亭にするはずの屋敷がなにしろ戦前の古い普請なのですっかりあばら家になっている。それを外人の観光客がよろこぶようにどう模様替えしたらばよいか。

そのことについて禿げ頭の少将が意見をのべているのがきこえる。

「和風のほうが日本情緒で毛唐にはうけるじゃろう。」

「しかし、毛唐は靴をぬぎますかな。」

と少年の父。

「やっこさんたちは畳にあぐらというわけにもいきますまい。」

それから、便所はどうするか、屏風はどんなのがいいか、などと話している。計画はどんどん進んでいるようである。

少年の父はおそろしく調子づいて、もう遊園地の設計にまで手をのばした。つぎの日曜日、少年は父について向ヶ丘遊園地を「見学」に行った。

天気のよい秋の一日であった。遊園地には二人のような親子づれが水筒などをさげてたくさん来ていた。スピーカーからはひっきりなしに音楽がながれていた。

少年は父とお化け屋敷や回転木馬や射的場やけものの檻を見てまわった。準備資金がとぼしいのでいちいち遊戯料を払って見るわけにはいかないので、二人はただそういう場所の入口を見るだけで通りすぎた。父はときどき立ちどまって手帳にメモした。これはわれわれの遊園地をつくるのに参考になる、といって。

われわれの遊園地！　なんとそれはすてきだろうと少年は思う。父の頭のなかに少年の遊園地はもう完成しているようなものだ。

売店で父は少年にキャラメルを買ってくれた。

お昼は岡の上にのぼって日のあたる草の上で母のこしらえた弁当をたべた。

楽しい一日になりそうだった。少年が父について歩くのにも飽きたころ、父はむだづかいするんじゃないといって彼に五十円くれた。

五十円！　少年が自由に使える金を持ったのは実にひさしぶりのことだった。彼はそれを握って急いで父から離れた、遊戯場へとんで行くために。

彼は遊び道具を端から見てあるいた。どれに乗ろうか、どれをやろうかと夢中で考えながら。

ところが彼はついいやしい誘惑に負けて、売店で色のついたラムネのようなものを買ってしまったのであった。そしてそれをなんだか父が見ているような気がして物蔭にかくれて飲んだ。それから飴玉とイカの焼いたのを買うと、あとには十円しか残らなかった。

彼は口をうごかしながら、よその子供が両親につきそわれて射的をするのや、うれしそうにゴンドラで空中から降りてくるのを眺めた。

ぶらぶら歩いているうちに少年はおもしろいものをみつけた。――真っ黒なオニが鉄棒《かなぼう》をもって立っている。その腹へボールをぶつけると目と口にパッと電気がついてオニが腕をふりあげてうなる仕掛けだ。

彼は十円で玉を五つ買った。彼は投げた。四発目まで全部それてオニの足やうしろの壁にあたった。最後の一発がやっとオニの腹にあたった。オニの目が光った。オニは赤い口をあけて怒ったように鳴いた。五秒ぐらい。それでおしまいだった。

少年の父は帰るつもりで彼をさがしていたのである。射的屋にいる少年をみつけると、父はどなった。

「帰るぞ。」

少年は父が自分をさがし疲れて怒っているのだと思った。だが彼がしきりに口をうごかしているのがよけいまずかったのだ。

「買い食いをしたな。」

父はこわい顔をしていた。

「何を買ったのだ。」

少年はポケットからイカの切れはしを出した。そして、もらったお金を全部つかってしまったことを白状した。

父は黙ってさっさと歩き出した。

「そのイカを捨てなさい。」

少年はイカを道ばたへ捨てた。

帰りの電車に乗っているあいだ、父は彼に口をきかなかった。

家へ着いてから父は少年の母にいった。

「きたならしいイカのようなものをポケットにしのばせておったから捨てさせたんだ。」

それで、意気揚々と楽しくはじまったその一日もひどく悲しい終りかたをした。少年は少年でたべそこなったイカのことを思って。

べつに彼のしたことが祟ったわけではないのだけれど、父の「観光事業」もそれからしばらくしておわりをつげた。発起人が一人去り二人去りしてうやむやになり、立ち消えになってしまったのであった。

少年の父は母が一所懸命工面したお金をけっきょくむだに使いはたし、おまけに仕事もなくしたわけである。

で、父はまた一日家にいて、もと火鉢のあったところに坐っている。畳のそこだけ丸く青々としている。

「なにか話がうますぎる思うたわ。お父さんは単純やから、なにがしさんにかつがれたんよ。」

いまでは母がときどき思い出してわらうだけである。

父はこれからさきどうするだろう、と少年は思う。

父がつぎに考えつく手は彼にはもうわかっている。彼が学校へ行っている留守に、父と母はそのことばかり話し合っているのだ。

「売るもんももう無《の》うなりました。」

すると、少年の父はポンと膝を叩いて——といっても少年はその場にいないのだからきっと叩くだろうと想像するだけだけれど、——父は、今度は、家を処分することを思いつくのだ。

III　あこがれ

春がきた。

ところが少年はねむいどころではなかった。朝も起こされなくてもちゃんと目をさます。とびおきて蒲団をまくりあげ、前の晩から寝押ししておいたズボンをはいて、すぐ洗面所へ行く。

父の櫛を水でぬらして、鏡の前で寝ぐせのついた髪をとかす。それから、父がひげを剃ったあとに使うアメリカ製の白い粉を必要もないのに顔に塗ってみる。中学生の顔洗いはずいぶん長くかかる。彼は歯が乱ぐい歯なのと、いくらみがいても白くならないことでいらいらして、それでいつも時間をむだにしてしまうのである。

彼がめかしているあいだ、癲癇もちの小さな男の子がいる隣りの家ではきょうも朝早くからおもちゃのピアノの音がしていた。誰も弾いていないのに鳴っているというふうに、ガラスの楽器のような澄んだ音がする。

水をつかいながら、少年はいけないことだと感じながらもつい隣りの家のほうをのぞいて見るのだった。青いこまかい葉をいちめんにつけた藤棚のむこうは繁みの蔭で暗いほどだった。その暗い部屋からピアノの音はしていた。

春がきたのだ、と少年は思った。春がきたことがこんなにうれしいことはいままでになかった！

彼はもう一度、鏡の中を見た。鏡にうつっている少年はわざとのように浮かない顔をしていた。その顔はこういっているようでもあった――僕にはほんとうのところよくわからない。彼女が好きなのかどうか、これが好きだということなのかどうかも。わかっているのは、彼女のことを考えはじめるともう何にも手がつかないということだ。

少年はその顔で食堂へ行った。父はもう出かけたあとだった。

母と二人でする食事のさいちゅう、彼は何度も子供部屋の柱時計に目をやった。

彼は食べたくない。それでもなんとか食べようとするのは母にあやしまれないようにするためである。

母はたえず少年を観察している。

「あんたが勝手に起きてくれるから、おかあさん、とても助かる。」

「朝みんなとソフトボールをやるから。」

彼は口をうごかしながらいう。

「だから、早く行って場所をとらなきゃならないから。」

少年は母にうちの時計は正確かどうかときいた。母は狂っていても一、二分だといった。でもその一、二分が彼には問題だった。少年は毎朝「白百合」の生徒たちが乗る江の島行きの電車に合わせて家を出るのである。彼女はその十分前に玄関を出てくる。

おたがいの家は五十メートルと離れていないのにうまく出会うことはとても少なかった。少年は歩きながらしょっちゅう道の前とうしろに気をくばり、わざとのろのろ歩いたり急に思いなおして早足になったりした。そして駅へ着いてからほんの一、二分のあいだ、向かい側のホームに彼女が鞄をさげて一人でぼんやり立っているのや同級生とおしゃべりしているのを、あまり見すぎないように意識して見るのであった。

その朝、彼女がちょうど門から出てきたところへ少年が行った。少年の心はおどった。まだ二十メートルもはなれていた。その二十メートルを彼はうつむいて歩いた。

彼女は門のそばの石垣にもたれるようにしていた。——頭をかしげて、年上らしい落ちついた目をして。

「おはよう。」

彼女のほうから大きな声でいった。

少年はもっと近づいてから、それも小さな声でしかいえなかった。彼は何かいわれてもただおどおどするだけだった。そしてひどく急ぎ足になった。

彼女は小走りしながら腕時計を見た。

「何分の電車に乗るの？　おくれそう？」

「さあ、どうかな。」

彼は逃げるようにして、わき目もふらずにとっとと歩いた。

「じゃあ走れば。いっしょに走ってあげる。」

そこで彼は走りだした。これはおかしなことになったと思いながら。

彼女も走ったけれど、たちまち少年にひきはなされた。彼はかまわず走りつづけた。走りながらやっぱりどうしても彼女が好きなのがわかった。好きだ。彼はうしろも見ずに走った。

彼女は途中でのびてしまっていた。少年がふりかえると、手で小さなバイバイをして先に行けといった。

「おくれるといけないわ。」

で、彼はまた走らなければならなかった。

夕方学校から帰ってくると、少年はまっさきに通りへ出て、斜《はす》むかいの家の勝手口から目をはなさないようにした。雨さえ降らなければ彼の見張りは毎日かかさず同じ時刻におこなわれた。その時間になると彼女がちいさな弟たちを夕飯に呼びに出てくるからである。

彼女のすがたが見えると少年はもうじっとしていられないので、彼が相手にするには幼すぎるような子供たちと遊戯に熱中するふりをした。そのあいだも頭はひとつのことでいっぱいだった。——自分の気持を相手に知らせる決心がつくかしら。でもどうやって？　それを考えると彼の心は早くもしぼんでしまうのだった。

その晩も彼女は少年の家の前まで来ていた。すこしはなれると顔はもうよく見えなかった。彼女は何度も弟たちの名前を呼んだ。

彼は小さな男の子たちを相手にますますはしゃぎながら、夕闇をすかしてたえず彼女の姿をさがした。

彼女は待ちくたびれたように門柱にもたれて、生垣のあすなろうの葉を一枚ずつ摘みはじめた。小さくたたんだハンカチを片手に握りしめて、ほそい指で葉をむしっては鱗のようにばらばらにした。そしてそれをまたもと通りにくっつけようとするのだけれど、暗いので、ひどい近眼の人みたいに顔を葉に近づけるのだ。するとまるい癖のついた柔らかそうな髪のふさが頰にかかるので、そのたびに彼女の白い手がうごいて髪を耳のうしろへ持って行くのが見えた。

海の上の空はすっかり暗くなっていた。それでもまだ小さな子供たちが息をきらして通りを走りまわったり、しきりにおたがいの名前を呼び合ったりしていた。

少年は何か話しかけなくては、と思った。だけど話すこともとっさには浮かんでこなかった。彼は大した考えもなしに先週から藤沢の映画館でやっているアメリカの動物映画の題名をいった。

「あの映画、二回も見ちゃった。」

「そうなの。」

彼女はとても驚いたというように彼の顔をのぞきこんだ。

「映画はあまり見ないわ。眼鏡をかけなきゃならないから。」

そして首をすくめて笑った。

それから彼女は少年の知らない宝塚か何かのスタアのことを女の子どうしでするようにあだ名で呼んで、

「むかし、あのひとに夢中だったけれど、いまはそれほどでもないわ。」

といった。

「そう。」

少年はあいづちをひとつ打つのにもおかしなくらい力んでしまうので、相手が笑い出しはしないかと思った。

彼女は彼に学校がおもしろいかときいた。彼はどっちともうまく答えられなかった。

「高校へ行くと選択科目っていうのがあるのよ。私はいま数学と手芸をとってるの。でも勉強は好きじゃないから大学まで行くかどうかわからないわ。」

少年はそんな先のことまで考えたことはなかった。彼は黙っていた。

「うちは父がいないから。」

そういって彼女は口をつぐんだ。

彼女の父が東京でずっと会社員をしていたこと、それから兵隊にとられて南方で戦病死したことをいつか彼の母が話していた。彼は何かいおうとして言葉をさがした。

けれども彼女は一瞬後にはまた明るい顔つきになっていた。

「でもよかったわ。あなたのお父さまは元気で帰っていらして。そのときはうれしかったでしょう。」

少年は苦笑してみせた。そしてわざとどうでもいいやという調子で答えた。

「でもおやじはね、生きて帰ってくるんじゃなかったって、そういってるよ。」

「だってそんなことはないわ。嘘よ、そんなの。」

そのとき通りのむこうの端で誰かが外灯をつけた。子供たちは一人のこらず姿を消していた。

「嘘よ、そんなの。」

彼女はもう一度そういってじっと彼の目を見つめた。外灯の光で今度ははっきり顔が見えた。

彼女が行ってしまってからも少年はいつまでもその場にぐずぐずしていた。自分がいった言葉のもの欲しさに気づいて、後悔にくるしみながらじっと外灯のあかりに目をこらした。

しかし父が帰ってきたことがいまでもそんなにうれしいかというと、それは少年にもうまくいえないのであった。

「おれはなにも帰ってきたくて帰ったのじゃありゃせん。」

少年の父はよく母と衝突してそういう。そんなとき彼はほとんど母を憎みそうになる。

彼の父はしばらく前から横浜のある銀行に雇ってもらって日掛け貯金の集金人をしていた。父はもう老人であった。一日歩きつづけるとあくる朝なかなか起きあがれなかった。そして疲れているのでますますものをいわなくなっていた。——こういうことはみんな父の言葉が嘘ではないからだと少年は思うのである。

父は小さいときから少年のあこがれだった。その父が負けて帰ってくるとは思わなかったのだ。負けることが軍人の子にとってどういうことであるか、彼は考えたこともなかったのである。

日本の兵隊は貨車につめこまれて帰ってきた。貨車の外にもぶらさがっていた。鉄の扉のかげから鼠のように顔だけ出している兵隊もいた。それでもあふれた組は機関車の排障器や連結台にのっていた。駅には陽気なアメリカ兵がいっぱいいて、きたない貨車が着くたびに口笛を吹いたりヤジったりした。少年は学校の行き帰りに踏切りや焼けぼっくいの柵のあいだから手をふった。けれども日本の兵隊はめったに手をふらなかった——出征のときあんなに手をふった彼らが。くる日もくる日も貨車は通った。そしてまもなく少年の父も帰ってきた。何年も彼が写真だけで見慣れていた父と別人のようになって。

夕飯のあと、少年は一人で食堂にいた。父が帰ってこないうちにさっさと自分の部屋へ引き揚げたものかどうか迷っていた。母が食事のときのつづきで台所へ行ってからもまだ彼のことでだらだらとぐちをこぼしていたから。

少年は流しの水の音と母のぐちとが交互に聞こえてくるのを耳で楽しんでいたのだ。ひとつだけ母がいまにもいい出しそうでいわないことがある。それを早くいったらどうだ

──そんな臆病な期待から彼はそこにねばっているのである。

やっと話がそこへまわってきた。

「……とにかくあの娘とつきあうのは、おかあさんは反対。そのせいじゃないの、このごろ急にそわそわして家に居《こ》つかなくなったのは。」

そして水道の蛇口をきゅっとひねった、自分の口をひねるみたいに。

「ちがうよ。」

少年は水道のうなる音に消されまいとして、仕切りのガラス戸ごしにばかに大きな声を出したものだ。

母は最後に蛇口の栓をしめて、洗ったふきんをひろげて掛けるくらいの間《ま》をおいてから、彼に負けない大きな声でいってよこした。

「そうですよ。」

少年は苦笑した。そしてなんだかつらくなって、そっと席を立った。

春休みもおわってまた学校がはじまった。

一日のあとにくる夕暮れの時間は長くなった。子供たちはあいかわらず暗くなるまで通りで遊んでいた。けれども少年はめったに彼女を見かけなかった。新学期になってから彼女の生活が変ったらしいことに彼は気がついた。

少年はすっかり夜になってから斜《はす》むかいの家の前を垣根に沿って行ったり来たりした。ときどき立ちどまって、こわれた竹垣のすきまから中をのぞいてみた。——庭の中ではまだ彼女の小さな弟たちが歯をくいしばって格闘したり怒鳴り合ったりしていた。やがてそれもやむと母親が、「またバケツをこんなに泥だらけにして。」とひとりごとをいいながら暗い庭をひとまわりして縁側からあがり、雨戸を引いた。そして家も庭も闇につつまれた。

少年は家の中で彼女の声がするような気がしていつまでも耳をそばだてた。

そういう日がずっとつづいた。そして、六月の雨のふる日曜日、少年が玄関のポーチに出てぼんやり立っていると、目のまえを彼女が赤い傘をさして通りかかった。

彼女は彼がいるのを見つけて門の外から声をかけた。

彼は、どうしよう、と思った。

彼女は傘をたたんでポーチに駈けこんできた。首すじを雨にたたかれて明るい悲鳴をあげながら。

そのとき彼は何を話したろう。たくさんのことをいおうとしてけっきょく何もいえなかったような気がする。ポーチには彼女が髪につけている香水のかおりが満ちた。その大人びた薫りが少年を酔わしてしまったのである。

彼女は立ち話のあいだ、腕をのばして廂から落ちる雨の雫を手のひらに受けていた。雨滴はときどき中心をそれて、時計をはめた彼女の白い手くびにあたってはねた。と、そのとき、少年の父が植込みのすぐむこうの便所にはいった。鉄格子のはまった横の窓がほそくあけてあったので、父が前を向いて立っているのが見えた。

少年は目をそらした。

彼女は彼の顔色に気づいてちらっと窓のほうへ視線をやった。そしてまた話をつづけた。ところが少年の父は猛烈な咳ばらいさえしたのだ。

父は帰りがけに、窓ごしに何ごとか早口でいった。乱暴な口調であった。

少年には聞きとれなかったけれど、彼女は顔色を変えていた。

「しかられるわ。」

「いいんだよ。構わないよ。」

彼は動揺して反抗的にいった。

「でもあなたに悪いわ。」

彼女があわてて傘もささずに庭から出て行ったあと、少年はしばらくそこに立って、彼女がしていたように手のひらで雨水をうけた。だが雨滴はぶるぶる震える彼の手からそれてシャツの袖口に飛び散った。

ポーチには彼女がのこしたあまい匂いがなかなか消えずにいた。

彼は家の中へはいった。

母が待ちかまえているのがわかった。

「さっきのはあの娘《こ》でしょう。またつきあってるの。」

母は父にも訴えたいような顔をした。

「しばらく遠ざかっているようだと思ったら、またはじまった。」

父はうるさそうに答えた。

「かまわんじゃないか、話ぐらいしたって。」

そして少年にはこういった。

「話がしたいんだったらちゃんと自分の部屋へあげて話しなさい。あんなところで立ち話するもんじゃない。」

それで少年はさっき父が便所の窓から何かいったのはそのことだったのだと思いあたった。

だが、おそすぎた！　彼はその日を最後に二度と彼女に会うことがなかったし、彼女の誤解をとくこともできなかったのだから。

夏休みになった。

少年は彼女が東京の学校へ転校したことを知った。疎開してきていた一家はまた東京へ引き揚げるので、彼女だけがひとあし先に移って行ったのである。斜《はす》むかいの家ではぼつぼつ家をたたもうとしていた。

夏はさかりだった。毎朝はやくから海水浴場のざわめきが風にのって流れてきた。それは日によって遠くにも近くにもきこえた。少年は一人で音のするほうへ行った。脱いだものを砂浜に置いて水にはいり、あがるとまたそこへ行って熱い砂の上に寝た。彼は黒くやけて元気そうになった。母はそれをよろこんでいた。

夜、いまは自分の勉強部屋になっている応接間にあかりを消して一人でいるとき、少年は彼女がたずねてきている場面を目にえがいて、出窓に腰かけている彼女と何時間でも話をした。彼がみつめると彼女ははずかしそうに顔を伏せた。すると彼女のまるい癖のついた柔らかそうな髪のふさはこのときもその頰にかかった。二人が黙って向かい合っているあいだ、海にむかって開いた窓にはおしよせる潮の音がたえずした。

そして暗がりをみつめていることにも飽きると少年は戸棚をあけてなにか読むものをさがした。彼は教科書以外の本といっては父が売りのこしたもののほかは持っていなかった。古本屋が手もふれずに置いて行ったのは、『地中海に於ける潜水艦作戦』とか『ジュトランド沖海戦』とかいう昔の戦争の本ばかりであった。少年の父はいまでも気がむいたときにはそういう本を時間をかけて読むのである。

彼はその中の一冊をでたらめにあけてよんだ――

『大日本帝国は久遠の昔から悠遠の未来に亘って海洋国家であり、我等は永遠に海洋民族、海洋国民たるの運命に置かれてゐる。……』

また別のページをひらくと、戦闘力＝人×物という関係式がのっていた。

かびくさい戸棚のすみには王羲之という人のかいた習字の手本みたいなものも何冊かあったけれど、これは黄色くなってぼろぼろに虫が食っていた。

ある晩、少年がいつものように戸棚の中へ頭をつっこんでいると、表紙のこわれたほこりだらけの本が出てきた。『にんじん』という本であった。彼はなんとなく挿絵をながめた。にんじんは頭に毛がなかった。その絵から少年はずっと昔のことを思い出したのである。

その本は彼がまだ学校へもあがらないじぶん、父がいつか読めるようになったら読むといいといって彼にくれたものであった。だから父はそれだけは売らないでおいたのだ。

少年はぼんやりと思い出した。――にんじんが、夜、鶏小舎の戸を閉めにやらされる話を父にしてもらって子供の彼はどんなにおびえたか。そして、にんじんが鷓鴣《しゃこ》を締め殺す場面で彼はすっかり気分が悪くなったのだった。鳥の頭蓋骨が砕けて血と脳味噌がテーブルの上に流れたというので。……

「子供が読む本！……」

少年は今度もまたその本を戸棚の奥へ投げこんだ。

長い夏休みも終りに近づいていた。

ある日の夕方、少年は斜《はす》むかいの家の小さな男の子をつれて海を見に行った。彼女の一番下の弟は色の白いおとなしい小学生であった。

弟はひどく元気がなかった。それで彼はしきりに弟を笑わせるようなことをいった。

二人が海岸に出てみると、砂浜の入口に一台のジープがとめてあった。水ぎわまで乗り入れようとしてさんざんタイヤを空まわりさせた跡があった。むこうを見ると三人のアメリカ兵が夕日をあびて水にはいっていた。

海はもう秋の色をしていた。白いほそい波がさかんに走って消えた。

三人の裸の男は、浅いところで子供のように騒いで水をはねかえし合っていた。

ふたりはすこし砂の上を歩いて、見晴らしのいい砂山に腰をおろした。

少年は沖のほうを見ながらいった。

「きみんとこの姉さん、このごろどうしている？　ちっとも見えないけど。」

「お姉ちゃんはおじいちゃんのところにいるよ。」

彼女の弟は手や足で砂をいたずらしながら返事をした。

「帰ってこないの？」

「さあ。帰ってこないみたい。学校をかわったから。」

「おかあさんやきみたちはずっとこっちにいるの？」

「あたらしい家がみつかったら、ぼくも東京へ行くの。」

弟はちょっとうれしそうにした。

「そう。じゃあ、もうじき、きみともお別れだね。」

「そうだね。」

弟は一人前の口をきいた。

少年は話すのをやめて、三人のアメリカ兵がすることをぼんやり見ていた。三人とも長いこと水の中にいた。それからぶるぶる震えながら陸にあがって、夕日の赤い光のなかで金色のうぶ毛の生えたからだをせわしく拭くやら乾かすやらした。めいめい漁船の蔭で濡れたパンツをぬぎ、じかにズボンをはいて、パンツから海水をしぼった。

砂まじりの風はたえず少年たちにも吹きつけた。

三人のアメリカ兵は漁船の舷にもたれて、火を貸し合ってタバコをふかした。

少年は彼女の弟と別れて家へ帰った。自分の家へ帰ってきたような気がしなかった。食卓についてからもまだ薄暗い砂山の上に白い顔をした男の子と坐っているような気がした。

「お父さんのぶどう酒をあげようか。」

少年の母は思いついたように、彼の前に脚のついたグラスを置き、赤い液体を満たした。

彼はちょっぴりなめて、やめた。

彼はぶどう酒の壜をながめ、そのレッテルの絵を眺めた。そこでは帽子をかぶった青年と、やはり帽子をかぶってエプロンをした少女が葡萄棚の下で乾杯していた。

ちょうどそのころ、少年の家ではまた父と母のあいだに気まずい空気が流れはじめていたのであった。少年の父は半年前にやっとありついた集金の仕事を自分からやめるといい出したのだ。

少年は黙って二人の問答をきいていた。

「あんな不愉快なところにはおれん。」

父はまたいつかみたいに誰か上の人とけんかをしてきたのだ。

母がぐちをこぼしはじめた——

「おれんて、明日《あす》からどないするんです。まったく、うちのお父さんという人はどこへ行っても半年とつづいたことがない。いまどきどこであなたのような軍人を使うてくれます。」

母はとにかくもうしばらく辛抱してみたらどうかと父にすすめた。すると父はさばさばしたようにいった。

「辞表をたたきつけてきた。」

「いつですの。」

母は驚いたりあきれたりした。そして笑いながら怒り出した。少年の父は十日も前に勤めをやめてしまっていたのだ。だのにそれを母に打ち明けられなくて毎朝黙って弁当をもって勤めに出ているふりをしていたのである。

「あきれた人。」

「とにかく、あそこはやめだ。」

そういって父は話を打ち切ったようにゆっくりタバコをふかしはじめた。

どの晩だったか、そうしたある晩、少年は父と母のいる家が気づまりになって、ふらりと外へ出て行った。

彼は町へ出てタバコ屋の前を行ったり来たりした。店番の若い女のひとが膝の上に雑誌をひろげて読みふけっていた。彼は近づいた。

「これは幾らでしたっけ。」

「三十円。」

女のひとは雑誌に気をとられていた。

大分行ってから彼はマッチがないことに気がつき、急いでひきかえした。

「マッチ、ありますか。」

「二円。」

店番の女は今度はなんとなくとがめる目つきでまっすぐ少年の顔を見た。

少年は松の木の多い西海岸のなるべく暗い路地をえらんで、波の音がするほうへ歩いて行った。途中で立ちどまって一本くわえた。マッチをすった。火が手と顔を照らし出したのでどきりとした。

最初の一ぷくで少年は歯をみがきたくなった。やたらに唾を吐いた。人がくると手のひらに火をかくした。むきになって吹かしたので一本目はじきに終ってしまった。引地川《ひきじ》の河口まで出ないうちに、少年はすっかり気分が悪くなっていた。額に手をやるとそこが汗をかいている。

彼は嘔き気をまぎらそうとしていろんなことをやってみた。どこかの家で雨戸を閉めきって部屋いっぱいにジャズを鳴らしているのにきき耳をたてた。石の塀の上に大きな猫がうずくまっているのを立ちどまって見上げたりもした。もっと行くと、道ばたにこうこうと明りをつけている鶏小屋があって、中でさかんに羽ばたきの音がしていた。

少年は吐くなら人家のないところで吐きたいと思ったのである。そこで吸いかけのタバコを地面に落として、火を踏み消す気力もなく潮風に顔をさらして歩いて行った。

月がのぼっていた。道の上も、家の屋根も、松の幹も、そこらじゅうがばかに明るかった。

川岸のごみ捨て場で少年は吐いた。夕飯にたべたものを全部吐いた。

それから手足がしびれたようになって川ぷちに出、堤防の上をふらふらと歩いた。

一匹の痩せた犬が、どういうものか堤防のふちすれすれのところを歩いていて、彼を見るとコンクリートに爪の音をさせて逃げて行った。

川の水は満潮のために静かに逆流していた。黒い水面がひろびろとした夜空を映していて、少年がタバコの箱とマッチばこを投げこむと、そのふたつが、浮きながら、離ればなれに川をさかのぼって行くのが見えた。

子供の墓

夏も涼しい山門のわきに、不許葷酒肉入門と彫った小さな石柱があり、裏には明治三十六年十一月とある。父親はそれを読む。この尼寺には、ちゃんとした名称もあるのだが、土地の人はみな尼寺とだけ呼んでいる。子供たちもそう呼んでいる。だから、父親が、尼寺さんへ行こう、というと、彼の三歳の息子もおなじ合言葉で応じる。アマデラサンヘイコウ。

車が一台やっと通れる路地をはさんで、寺の真むかいには、軒の低い小さなクリーニング屋がある。寺の築地塀や樹木のかげになって店の中は暗いので、外からはよくわからない。だが父親は、自分がその前に自転車を乗り捨て、幼い息子の手を引いて寺の門をくぐるのを、いつも店の誰かがアイロン片手に見ているような気がする。なんとはなしに毎回気がひけた。ただ子供を遊ばせにくるだけだったし、自分ぐらいこの寺にふさわしくない人間もいないと思っていたから。

二人がここまで来るのには、二人で決めたコースがあった。父親は、子供に麦藁帽子をかぶせて自転車の荷台にまたがらせると、人気のない日ざかりの往来をしばらく海のほうへ走る。といっても、線路むこうの海岸までは大分あるので、そのはるか手前で折れて、電車の線路沿いに大きな楕円形をえがいて帰ってくる。電車がうまい具合に通ってくれればよいが、そうでない時は、二、三台通過するまで父親は待たされる。運よくロマンス・カーが、オルゴールのような明るい警笛をひびかせて通ることもある。それから、どこかその辺の路上で、水道工事やガス工事などをやっているのを見せる。ドリルで舗装をはがして深い溝を掘ったり、また埋めてロードローラーで踏み固めたりしている。その作業を見学することは、子供が家に帰ってから庭でその真似ごとをやるのに好い参考になるらしい。この子は最近、工事マニアにとりつかれている。空き地で大工が棟上げをやっている場面に行き合えば、それも見せる。線路わきの畔道を行くと、広い茄子畑があり、たわわに生《な》った茄子が枝についたまま腐れていたり、地面に散らばっていたりするのを見せて、父親は「ナスだ。」とおしえる。最初のとき、訊くと「ジャガイモ。」と答えたから。そして、つぎの踏切りを渡って、この尼寺へくる。大体これが、その夏の二人の日課のようなものだった。

寺は、敷地全体がこんもりとした大きな樹蔭で、山門を入る前から蟬がやかましい。石だたみの突きあたりに、赤いよだれ掛けをした地蔵尊が立っているのを、子供は、頭がおなじ丸坊主だから尼さんが一人立っているのだと思っている。「エプロンしてる。」という。緑青を帯びた屋根を高く掲げた本堂は、ふだんは内側の障子も外のガラス戸も締め切ってある。磨りガラスに、ひょろひょろした松の梢が、ほんの一部分だけ映って、海からくる風に揺れている。その庭のはずれにある墓地が、子供の目あてだった。一家の墓所もそこにあったが、そこに入っているのはまだ子供の祖父と伯父だけで、当人はその二人のことは見たこともなかった。ただ、祖母に連れられて何度かやってくるうちに、ここがなかなか面白い遊び場所だとわかったのである。法事の時も、この孫は一人前に最前列の席を占め、子供用というわけか一と組だけ備えてあるミニサイズの木魚をさかんに叩いて、尼さんたちの一糸みだれぬ合奏の邪魔をした。

しかし、子供がいちばん好きなのは、やはり墓地だった。そこでなら、母親に叱られることもなくいくらでも水あそびができたから。墓参客のために、庭の隅に水道の蛇口と大きな流し台があり、いろんな形のバケツや手桶や柄杓がいくつも置いてあった。好きな手桶と柄杓を選ぶのは子供の仕事だが、水を一杯に入れた手桶を運ばされるのは父親の役目だ。子供は、柄杓だけ持って、木立のあいだをどんどん墓地のほうへ行ってしまう。

一坪ずつこまかく区切られた墓地に、似たような墓石がいくつも並んでいて、何列目の何番目だったか大人でも咄嗟にはとまどうのに、いつも子供が間違わずに一家の墓にたどりつくのを、父親はふしぎに思う。どこにどんな目じるしがあるのか。あたりまえの意匠をほどこした規格型の墓石にまじって、たまに、中央に家紋らしいものを大きく浮き彫りにしただけの変型の石がある。「ナショナルのお墓だ。」と子供は柄杓で指していう。電機製品のマークにでも似ているのか。

それはともかく、なんてここは暑いんだろう、と父親は思わずつぶやく。真夏の昼下りの照りにくわえて、焼けた墓石の放射する熱気で足もとから火がつくようだ。こんな石の下にとじこめられている父と兄は、もうたくさんだと二人して叫び出したい気持でいるにちがいない。彼は、水の入った手桶を墓石の手前に置くと、さあ、好きなようにして遊べよ、というように少し離れて立っている。むかい側の墓地の石垣に（失礼して）腰を下ろして、一服点けることもある。ただし、最初の一杯だけは彼が子供に代って墓石のてっぺんに注いでやる。さもないと、子供の背丈では柄杓が届かないので、石の上半分はいつまでも無慈悲に乾いたままだし、子供のほうも、一生懸命背のびしてやったあげく自分が頭から水をかぶってしまうようなことになった。

しかし、汲みたての冷たい水も、黒く磨かれた墓石のなめらかな肌をすべり落ちるあいだに、さっさと湯気を立てて、みるみるうちに干上ってゆく。焼け石に水とはこのことだ。

その乾きぶりが、なぜか父親には死者たちのことよりも生きのこる人間の酷薄さをしきりに想わせる。そして、子供が花立てや線香立てにばかり水をこぼし、自分の靴もびしょ濡れにして遊んでいるあいだに、とりとめもないよそごとを考えている。

いつもきまって長い蟻の列が、その一画をえんえんと横ぎっている。他の場所には見当らないのに、なぜだろう？　近くに巨大な巣があって、ここが特に蟻の通りみちになっているのか？　おまけに、それらの蟻は、彼と子供が一歩でも墓に足を踏み入れるや、狂ったように四方八方に乱れ走り、一部は二人の足首からめくらめっぽうに這いのぼってくる。「蟻だ！」と彼は子供におしえながら、脛にのぼってくるのを手早く払い落し、踏みつける。子供は水まきに夢中で、蟻にはほとんど興味を示さないのだけれども。

こんなふうに、彼はほとんど毎日のように子供のお供をして父と兄の墓を見にやってきながら、一度も祈ったことはなかった。彼は祈れない。祈る恰好をする気にもなれない。どうすれば祈ることができるのか、それもわからない。あんまり暑いからか？　それだけでもなさそうだ。人並みに線香を立て花を供えて神妙に合掌する手続きが面倒なのだとしても、心に彼等と交信すべき言葉があれば、それは自然に祈りに通じもしたであろう。ところが、彼は、死者にはいまさら何も言うべき言葉がなかった。石も彼に何も語りかけてはこなかった。彼はただ、この埃だらけの石の前にくると、おそろしく心が萎えた。一間四方のこの空間に、自分をうけ入れる余地が寸分もないことだけがよくわかった。そして、父と兄がこの自分をどんな目で見ているにしろ、まさか孫であり甥である幼い子供のすることを疎みはすまい、とそんなことをぼんやり考えたりするだけだった。

子供は、顔を見たこともない祖父と伯父の墓を一と通りやっつけてしまうと、今度は少し軽くなった手桶を自分で提げて、てきぱきと移動しはじめる。どこの檀家のであろうと、気に入った墓があれば水をかけて歩くためだ。ナショナルの墓も、彼のお気に入りの一つだった。それから、およそどこの誰か父親にも見当のつかない榛葉家や浅場家や山口家に柄杓二、三杯ずつ水をかけて歩く。立ったまま干からびた花束にも、半分に割れてころがっている飯茶碗にさえも、いちいち水をやる。水をやりながら、ときどき急に振りかえって父親のほうに目をこらすのは、知らない間に父親がふっといなくなっていたりはしないかという不安が忍びよるからである。しかし、それはここが墓地だからというわけではなく、町なかでも海岸でも原っぱでも、子供はよく父親の存在をたしかめるために振りむく。木立のむこうを電車が通ると、子供は、その時だけは手を休めて電車を見送った。

父親は、息子がよその墓石にさかんに水をかけているのを見守りながら、いまにも当の墓の持ち主がこの場に来合わせたら、さぞぎょっとするだろうと考える。見知らぬ父子づれが立っているのをみつけて、さては自分の家の墓を間違えたかと一瞬目をこすりたいような気持に襲われるだろう、などと考えてみる。

するとと子供が、不意に、真剣にたずねる。

「サブちゃんのお墓は、どれ?」

息子が自分の墓はどれかと訊くのは、いつものことなので、父親は例によって、墓は死んだ人の住む所なのだと説明してやるが、子供は、不審げで、またたずねる。

「じゃ、リュウジロウのお墓は?」

リュウジロウというのは、すぐ上の小学生の兄のことだ。

「リュウちゃんのもない。だって、リュウちゃんはまだ死んでないじゃないの。おうちにいるじゃないの。」

歩きながら、今度は、父親がたわむれにそばの墓石を指さして子供にたずねる。

「これは何て書いてある?」

「サブロウ。」

子供は、早口に唱えて、せっせと水をかける。この子には、ここに並んでいるすべての墓が自分の墓だった。どの石にも、自分には読めないけれどちゃんと自分の名前が書いてあると思っている。

そんな会話を交しながら歩いていると、父親の目は自然に、幼い者たちの名をきざんだ墓石にそそがれる。露幻水子。行夢童子。美宝童女。水子《みずご》というのは、生まれていくばくもなく文字通り水のように消えた嬰児たちだ。老年や壮年の死者たちとは違って、彼等の法名は字数も少なく、おおむねは可憐な愛称のようにさえ聞える。古い、あるいは新しい死亡年月日の下に記されている二歳とか五歳とかいう年齢から、父親は、その子らのあり得べき傷ましい死に方を想像せずにはいられない。病気が手おくれだったのか？　池や川で溺れたのか？　それとも、見るもむざんな輪禍に遭ったのか？　だが、彼の目にとまったのは、近い過去に生命を断たれた子供たちばかりではなかった。ざっと三十年前の死の日附をもつ何人かの子供たちをも、彼はその中にかぞえた。生きていれば、おそらく現在の彼の年になっていたであろうその子らの死は、むしろ彼には親しいものだった。彼等はきっと栄養失調か、空襲の火の中で何万何千の同類とともに死んだのにちがいない。いつの時代にも子供はぽろぽろ死んでゆく。ただその死に方が変っただけだ。

それにしても、このように年端のゆかぬ者たちにも大人同様の死が与えられ、墓の一隅が与えられるということには、一体どんなはかりがたい謎がこめられているのであろう？　墓がどんなものであるかも知らず、それに水をかけることにどんな意味があるのかも知らずに、ただただあんなふうに無心に水をかけて回る幼い者たちの墓とは？

父親は、昔学生時代に読んだ英語の詞華集に、十七世紀の抒情詩人のこんなみじかい詩があったのを覚えている、たしか「死んだ子どもの墓碑銘」という題の。

ここにやすんでいるのは
生まれるとすぐまた眠りについた子ども
この子に花を撒いてやって下さい
けれどこの子の上にある
土は踏みつけないようにして

大体そんな意味の詩だった。うろ覚えにしろまだおぼえているのは、その時はただ、なんてキレイな詩だろうと思い、自分の日本語に気まぐれに置き換えてみたりもしたからにちがいない。(この子に花を撒いてやって下さい……)しかし、日本のこの尼寺の墓地では、そんな雄弁な文字はどこにもみつけることはできそうもなかった。あるのは、なにがし家累代之墓や故陸軍曹長何某之奥津城など一族のいかめしい大人たちの名にまぎれて消えかかっている、いたいけな童子や童女、水子や水女の影ばかりだ。

縦横に墓地をめぐっているうちに、やがて手桶の水もすっかりなくなったので、子供はやっと引き揚げる気になる。

「あした、また来よう、お水やりに。」

「来よう。」

名ごり惜しげに背後の墓地に視線を投げる子供をつれて、父親は手桶と柄杓を元の場所に返しに行く。もっぱら水まきを楽しみにしている子供とは反対に、父親は、このあと庭の隅の桜の木の下のベンチに腰かけて、涼みながら一服するのが楽しみだった。竹で組んだベンチに、やはり竹のテーブルが据えてあるのは、きっと尼さんたちの工作だった。テーブルにはビニールの古い風呂敷が風でとばぬように紐で括りつけてあり、その表面には、季節によって、松の花粉だの、かさこそと鳴る枯れ葉だの、毛虫やもっとこまかい虫の死骸だのが、点々と落ちている。それに、ここは、墓地とは打って変って、涼しかった。すぐかたわらに、金網ですっかり覆ったコンクリートの池があり、赤や黒の鯉のむれが半透明の水の深みをゆっくりおよいでいる。父親も子供も、いつからか、かならずここで手を叩くようになった。

「手を叩いてごらんなさい、お魚が寄ってきますよ。」

最初の頃、おそるおそる水を覗いていた子供にそうおしえてくれたのは、庫裡のほうから庭仕事に出てきたモンペ姿の年配の尼さんだった。ひどくやさしい口をきく尼さんだったので、子供はめずらしく物怖じせずに訊きかえした。

「なあに？」

「手を叩くの、こうやって……」

尼さんは、軍手をはめていたが、自分でやってみせた。

「どうして叩くの？　どうして？」

日焼けして赤い顔をした尼さんが、子供の「どうして？」にいささか辟易しながらも真面目に相手になっているのを、父親はベンチから笑いながら見ていた。この子は、ちょうどいま「どうして？」を連発する時期だったから。

「いいから、あなたもやってごらんなさい。」

しまいにはそういって、尼さんは墓地のほうへ行ってしまった。

父親は、全部で七、八人はいるらしい尼さんの顔を、どれもよく見知ってはいたけれども、彼女たちの年齢はとなると、声でも聞かないことには見当がつかなかった。くりくりに剃った頭の地肌の青さの度合いで多少とも識別できないことはなかったが、それにしても、彼女たちはおしなべて顔の色艶がよいので、いつまでも不思議な若さを保っているように見える。四、五年前、彼は亡父の法事の際にも、本堂の須弥壇のうしろから庵主の老尼につき従って出てくる尼さんたちの列を、そんなことを考えながら見ていた。しんがりをつとめる子供っぽい尼さんは、せいぜい高校生ぐらいの年齢だった。彼女だけが、俗人の男どもの無遠慮な視線に痛々しいほど敏感に頬を染めるのがわかった。

最年少のその尼さんは、その後、町の教習所にかよって車の免許を取った。それと同時に尼寺にも自家用車の新車がきた。土塀の一部がこわされて、立派なガレージになった。彼は、自分も町で車を走らせていて、彼女が運転しているのにぶつかることがよくあった。遠くから見ると、まるで可憐な紅顔の少年が、首を突き出して一心不乱に運転しているように見える。子供を乗せている時には、「ほら、尼寺さんの車だ。」といっておしえてやる。尼さんでも偉いものだ、と年老いた彼の母などは感心している。車がきたために、運転手係の若い尼さんは毎日なにかと忙しそうだった。そうして、大いに乗り回しているうちに、彼女の腕もめきめき上達してゆくのが、車同士で出くわすたびに彼にはわかった。

彼の父が死んだ時のことだった。たしかあくる日の朝早く、真新しい白木の位牌を家に届けにきた中学生ぐらいの少女がいた。この子は、しかし、尼さんではなかった。髪の毛も身なりもごくあたりまえの少女で、しかもなかなかの美少女だった。彼の母は、お布施に包む金額の多寡が故人の貰う法名のよし悪しにひびくと誰かに聞かされていて、信士では困る、居士でなければ、などとそんなことにばかり気を揉んでいたが、彼のほうは、あの尼寺にこんな美少女がいたのかと意外だった。サンダルばきの彼女は小走りに走ってきて、また走って帰って行った。つぎにその少女を見たのは、一周忌の法要のあと、本堂の奥の座敷で親族一同があつまって精進料理をたべた時だった。台所のほうで、少女が大人の尼さんたちにまじって料理を出す手伝いをしていた。

その後まもなく、彼女の姿が見えなくなった。あとで聞いたところでは、その子は昔庵主に拾われた子供で、乳のみ児の頃からずっとこの寺で育てられてきた。大きくなってしばらく尼さんの学校に預けられていたが、本人がどうしても尼になるのはいやだというので、どこか世間の家へ養女に貰われて行ったのだという。俗人の彼は、尼さんなんていうのはもっと話のわからない連中で、尼寺の暮らしなどは窮屈きわまる終身監獄のようなものだろうと勝手に思いこんでいたから、この話も意外だった。あるいはそれも時代のせいかもしれなかった。そういえば、朽ちかけていた尼さんたちの住居のほうも、近年大幅に増改築されたようすで、彼女たちの寝部屋の高い窓にもいま流行のアルミサッシが入っている。

ところで、その精進料理は、大変品数が多く、豆腐の料理だけでも何種類もあったが、どれも口に入れるよりは眺めているほうがいい、手のこんだ芸術品のようだった。色とりどりの羊羹式のものや、胡桃を砂糖でこってりと煮つけたようなものもあったが、とにかくどれもこれもおそろしく甘いのには男どもは閉口した。「このつぎはやっぱりどこか中華料理屋ででもやりましょうや。」などと、誰いうともなく一座に不謹慎なささやきが洩れたくらいだった。それはともかく、ここでは、希望があれば、五十人くらいのもてなしはいつでも実費で引き受けてくれる。料亭のような完備した調理場があり、大きな冷凍冷蔵庫があり、座蒲団や食器の数も十分に揃っている。給仕は尼さんたちが総出でやる。酒はもちろん禁制品だが、ビールはよろしいということになっている。ビールなら庵主さんも日頃嗜まれるという噂も聞く。庵主は、下唇の赤く垂れさがった、いささか化け物じみた怪異な容貌の、でっぷり肥えた老尼で、子供たちは怖ろしがるが、そんな人物でないことは、さっきのみなし児の少女を引きとって大事に育てたという話からもうかがえる。それに、彼女は僧正だったか僧都だったか、全国の坊さんのランキングからいってもずいぶん偉い地位にいる尼さんだということだ。

まだ他にも何人かいる中年の尼さんたちは、どんな人たちなのだろう。たしかに、彼女たちは世間一般の女性よりもずっと若々しくは見えるけれども、彼女たちの手の指は、日々の辛い労働で汚れてこわばり、あかぎれでささくれ立っているのかもしれない。いつか彼は、町はずれのマダムなんとかという美容院の店先で、一人の尼さんが、小さな女の子の手元を離れたゴム風船を拾ってやろうとして、それを割ってしまったところに行き合わせたことがあった。ありふれた青い小さな風船で、どこかその辺のスーパーマーケットが開店祝いにでも配ったものなのであろう。それが、風にふわふわ転がされて、美容院の軒下の植込みに入った。通りかかった尼さんは、親切から、わざわざ立ちどまってこの風船を取ってやろうとして、しゃがんで手で掻き寄せているうちに割ってしまったのだった。

パーン！　という派手な音には、物に動じない尼さんもびっくり仰天したようだったが、あとは幼い女の子に平あやまりにあやまるばかりだった。

「ごめんなさいね、ごめんなさいね……」

「いいんですよ、いいんですよ……」

その子を連れていた若い母親は、半分わが子をなだめるようにしきりにとりなしていたが、子供のほうは、そんなことよりも屈んで顔を近づけてくる黒衣の尼のほうを怖がっているようすで、あとずさりして母親に寄りすがった。たまたま一部始終を見ていた彼は、その路上の小さな場面がなぜだか忘れられなくて、いまでも覚えていた。

父親は、小一時間後にはまた子供を自転車の荷台に乗せ、自分は乗らずにハンドルを押しながら、小高くなった踏切りを汗をかいて越えた。尼寺からの帰りのコースも、いつも大体同じだった。その近くにたった一軒あるみすぼらしい雑貨屋のような店で、アイスクリームを買わされることになる。それを二人ですぐ横の原っぱへ持って行って、うろつきながら、でなければ砂山に腰を下ろして、ゆっくりたべる。父親も子供も、この夏は少々この店のアイスクリームを食べすぎたようだった。

砂山も、墓地におとらず暑かった。昼さがりの太陽が海の上にあって、物陰らしいものを地上にみつけることはむずかしかった。日かげといっては、足もとの雑草の茎が一本一本、砂の上にみじかい影を濃く落しているばかりだ。そんな場所では、凍りついていたアイスクリームもたちまち溶けて流れた。

父と子が、そうして無言で口をうごかしていると、目の前を海岸行の下りの電車が通りすぎた。白と青の二色に塗りわけた電車の車体は、外から見るといかにも涼しげだったが、中は超満員のようだった。遠くから海水浴にやってきた男女の色とりどりの帽子やバッグが、窓という窓にあふれていた。

子供は、どうやら電車を見送るのに気をとられすぎて、アイスクリームのカップを砂の上に落してしまった。まだほんの少ししか口をつけていない砂まぶれの容器を、子供は、股のあいだにじっと見下ろして、物もいわない。木のサジだけが子供の手に残っている。

「落したの？」

「落した……」

帽子の下から、子供はまぶしげに、うらめしげに、父親の顔を見上げる。父親は、自分のたべさしをそのまま子供に与えると、二、三歩あるいて、砂山の頂上に立ち、目をほそめて太陽のほうをふりあおいだ。

大空をわたる火。地上のすべてのものを灼きつくし、人間どもをあぶりつくして、彼等の身も心もぼろぼろにしてしまう業火。彼が、大人になった今もやはりこの夏にひかれるのは、その光が他のどんな光よりも一番無に近いものだと悟ったからにちがいない。この光の中をよちよち歩きだしてから、もう四十年になる。いろいろなことがあった。いろいろなものを見た。語ろうにも語れない、語りたくないわけではないのだが、語るすべがない沢山のこと。わずかに残っているのは、記憶というほどにさだかでもなく、思い出というほどの脈絡もない、いつどこでのことだったかそんなことが問題なのでもない、一瞬の感覚のゆらめきのようなもの、目もくらむはやさで脳裡をよこぎる一条の閃光のようなものだ。彼は、その光が、いまも目にしている白昼の戸外のいたるところによみがえるように思い、歓喜とも苦痛ともつかぬもので胸がくるしくなった。砂の下からたちのぼる熱い空気のかすかな流れにも、草の葉の濃い影にも、灼けた石のにおいにも、遠近の家々にひるがえる白い洗濯物の列にも、彼はその光を見た。この白い野が父親自身の幼年の墓だった。

どこの路地にも、大通りにも、ふしぎに人影がない時刻だった。子供たちの姿もなく、声もしなかった。どの家にも一人や二人子供がいるはずなのに、まるでこの地上から子供というものの影が吹き払われでもしたように、彼等は姿を消していた。

父親は、背中に自分の子供の気配を感じるともなく感じながら、ペダルを踏む足もとめて静かに坂道を下って行く。死の国の無人の街路を、親と子が見えない翼で音もなくすべってゆくように。

坂の下は、小学校だった。夏休みで、ここも人気のない、白い幻のような校舎。壁の時計は針が止まったままだ。鉄柵の扉はかたく閉ざされていて、誰も中に入ることはできない。長いコンクリートの塀に沿って白いグラウンドのはずれまでくると、父親は自転車をとめた。塀のむこうに、満水のプールが見えるが、子供の目からは届かなかった。父親は、子供を荷台に立たせ、両手で自分の肩につかまらせて、プールを見せてやった。

「見える？」

「見える。」

「プールは何色？」

「白。」

「水は？」

「青。」

しかし、なみなみと透明な水を湛えたプールの中にも、掃ききよめられたプールサイドにも、人影はない。

自転車

私は町の自転車屋というものがいまだに一軒として店をたたまず、それどころか大いに繁昌しているらしいのが不思議でならなかった。色とりどりの正札のついた最新型の自転車が彼等のショーウインドーにずらりと並んでいるのを横目で見ながら、私はあんな物を売りつけられないでも済む方法をみつけたつもりでいた。その方法によれば、私の家では向う十年でも二十年でも一台の自転車も購入せずに済ませられるはずであった。というのも——よその土地のことは知らず——私が住んでいるこの海辺の町では、未だ十分使用に耐える自転車を道ばたに遺棄することが流行《はや》りだしていたからである。

この地区の「粗大ゴミ」集合所に指定されている近所の原っぱに行くと、自転車ならスクラップ並みの古いのからほとんど新品同様のまで、大人用から小児用まで、あらゆるタイプとサイズの自転車が何台も捨ててあった。同じ土地の住民である私はその果敢な捨てっぷりに一驚し、このように急激に、集団的に自転車が不用になる場合について思いめぐらさざるを得なかった。念願の自家用車《マイ・カー》に取って代られたのか、引っ越しの荷厄介になるので処分して行ったのか、それとも新しい自転車に買い替えたのか。それにしてはまだろくに乗った形跡もない新品がまじっているのはどういうわけか。贓品《ぞうひん》のたぐいであろうか。しかもこの町のバイスィクル・ライダーの数は、年々増えこそすれ少しも減っているようには見受けられない。どうやらこの界隈には、私などの見当もつかぬ金持が多いのか、それとも物を粗末にする人間がかたまって住んでいるとしか思えなかった。

　自転車だけではなかった。普通一般の家庭で日常使われる家具調度の品目はすべてそこに数え上げることができそうだった。鍋釜からはじまって冷蔵庫にガスレンジに流し台、風呂桶に盥に洗濯機、食堂用の椅子とテーブル、応接間のソファのセット、さらには柱時計、テレビ、鏡台、スーツケースの類まで一と通り揃っていた。吸入器、かつら、仏壇、鰐の剝製といったようなものさえあった。つまり、大ざっぱに言って、グランドピアノ以外の物は何であれそこで——手に入れたければ——手に入れることができるのであった。なるほどそれらの品物は、元来人間どもがいわゆる人間らしい文化生活を営むために必要に迫られてやむにやまれず発明したものにはちがいなかった。だがこうやって用済みになって一個ずつむざんに白日の下にさらされているのを目にすると、そのグロテスクさは思いの外で、まるで自分の腹からぞうもつを摑み出して見せつけられたようなぐあいだった。

なんとまあ、われわれは沢山の汚物を自分の体内に後生大事に抱え込んでいることか！

しかし、その程度の光景にいちいちびっくりしていたのでは、時代遅れの人間と言われても仕方がなかった。もっと海のほうへ行くと、物品ばかりか、生き物もさかんに棄てられていたのである。海沿いの防砂林の松林では、マルチーズやコッカー・スパニエルが何匹も寒空にさまよっていた。縫いぐるみかしら？　そう思って近づくと、正真正銘の生きている犬なのであった。それが飢え凍えて、枯れ草を褥《しとね》に震えながらうずくまっているので、遠目にはよく出来た縫いぐるみにも見えるのだった。もっとも、彼等を遺棄したのは土地の人間ではなく——ここの住人なら隣の県へ、箱根か伊豆のほうへでも捨てに行くはずだ——東京からはるばる一時間ドライブしてきた主人の手で、それとも知らずに冬空の下に置き去りにされたわけである。

どうしてまたそのような憂き目を見ることになったのか。それというのも、近頃の愛犬家にはおそろしく移り気な連中が多く、一種類の犬をしばらく飼うとたちまち飽きがきて別の種類のが欲しくなる。それで何万も出して手に入れた犬を惜しげもなく車の窓から捨ててしまうらしかった。飽きる理由はいろいろだった。流行に釣られて飼ってはみたものの、毎日の世話が思いのほか面倒だったり、大きくならないペットのつもりで買ったのにどんどん肥大するので当てが外れたりして、邪魔になる。それにまた、アクセサリーとしての畜犬は、その獣の色柄やムードがマンションのインテリアにマッチしないという率直明快な理由からも処分される。そんなわけで、この海辺の町では哀れな野良犬といえばむしろ血統書付きの高級舶来犬ばかりで、むさくるしい雑犬のほうがかえって大事にされているくらいなのである。

四つ足でさまよい歩く「粗大ゴミ」のむれ！　この残忍で無表情な呼び名を前にして不吉な戦慄をおぼえない者がいるだろうか。まだ使える自転車どころか、生きている犬だっていとも簡単に「粗大ゴミ」にされてしまうのだから、そのうちには人間もなんらかの方法で残留組と「粗大ゴミ」の組とに仕分けされて、定期的に一つ焼却炉の中で処理されてしまうようにならないものでもなかった。しかもその風潮たるや、よくよく考えてみれば、なにも今はじまったことではない。姥捨ても、嬰児殺しも、アウシュヴィッツも、ヒロシマも、悪魔が人間という名の「粗大ゴミ」の始末に困り抜いて発明した能率的な処理法ではなかったか。

それはともかく、ここ数日また例の原っぱの一角に「粗大ゴミ」が「集合」しつつあった。二た月か三月《みつき》に一ぺん市役所から回収日が告示されると、その一週間ぐらい前から日を追って家具調度の山がきずかれて行く。見ていると遠くからわざわざ小型トラックでステレオセットや洋服ダンスを捨てにくる人もいて、ちょっと見ると嫁入り支度でもはじめたのかと思うようだった。面白いことには、大きな品物を捨てにくる連中ほど陽気で活気にあふれていて、この情熱的な棄てっぷりを見よと言わんばかりに手荒くがらくたの只中に投げ込むのだった。彼等の気魄に尻込みしながらも散歩がてらにそれとなく近づいてみて、私はいささか気を悪くしてしまうこともあった。それらの「粗大ゴミ」が私の家で珍重しているミゼラブルな家具類よりもはるかに立派であることが多いからであった。

とはいえ勿論私はそれらの物に指一本触れるべきではなかった。私は足元にころがっている銀ピカの真新しそうなトースターをさも馬鹿にしたように靴の爪先で蹴ったりした。また、埃をかぶってはいるが最新型とおぼしいミシンやトランジスタ・ラジオも思いきり蹴とばしてやった。だがそのくせ頭のすみでは、これならまだ使えるじゃないかとか、この程度ならちょっと修繕すればまだ何年も動くだろうにとか、そんなことに未練がましくこだわっているのだった。私は物を棄てるという行為に対する自分の小心翼々たる心理が度しがたいものに思われた。自分自身ふだん特に物を大事にしているわけでもないのに、いざ他人があんまり見事に物品を蕩尽するのを目撃すると、見当外れな反省心をかきたてられる。それは私が戦争中の物資欠乏の時代に、いやというほど節倹貯蓄の精神を吹き込まれた憐むべき「昭和一と桁」生まれの人間だからか。それに私はきょうは小さな息子を連れてもいた。子供の手前も父親が道ばたに落ちている品物を拾い上げて点検したりするのは好もしくなかった。

そんなふうに好奇心を押しかくして、色彩ゆたかな「粗大ゴミ」の山をさりげなく仰ぎ見ながら、私がひそかに探しているものがないでもなかった。それは——子供用の自転車だった。私の家では上の二人に一台ずつ、いずれは下のも仲間に入ることだから都合三台の小型自転車を常時確保しておかなくてはならなかったのである。

小学生の息子たちが欲しがっていたのは、五段変速のややこしい切換えギアを装備し、ハンドルの前にバスケット、サドルの下に怪しげな弁当箱のような物入れを取り付けた今流行のサイクリング・ツアー車だった。そのバスケットにグローブを投げ入れて野球の練習に駆けつけるのが、この辺の小学生のカッコいいスタイルとされているようだった。ところが私も妻もそのキザな乗り物に好感を持っていなかった。第一に、それは値段が高すぎる。第二に、じきに背丈が伸びてサイズが合わなくなるのがわかっているのに、そんな玩具めいた自転車はくだらない贅沢品である。第三に、みんなが乗っているからといって人の真似をすることはない。要するに私は、その種の高価な自転車を息子に買ってやるつもりは毛頭なかったのである。

その代り、私はまず長男に町の自転車屋で中古の子供用自転車を五千円で買い与えて、しばらくはそれで我慢させることにした。今なら私は大分眼が肥えているからだまされないが、当時はいい買物をしたぐらいに思っていた。中古とはいえ、とにかく全身銀色に美しく光っていたからである——早い話が、それは例の「粗大ゴミ」の一種に銀ペンキを塗りたくり、ところどころに油を注すなどして一時的に走行するようにしただけのしろものであったのだが。それが証拠には、その自転車はある日突然音もなくこわれてしまっていた。というより、ある瞬間から前の車輪が梃子でも動かなくなったのだった。しかし今度は私はもう自転車屋に相談に行く気はなかった——こうしてまっすぐ原っぱへやってきたほうがよほど手っ取り早かった。

見わたしたところ、きょうは空き地の道路側には何台かの錆びた大人の自転車しか見当らなかった。私は脇へ回って鉄条網をくぐり抜け、廃品の山の裏手へと踏み込んだ。子供は道の端に立って心配顔に私に呼びかけ、そんなところへ行かないほうがいいという意味のことを叫んでいた。冬でも蛇が出ると思っているのだ。夏、私はこの草はらでめずらしく青いトウセミトンボを見かけて教えてやったりしたが、子供はその時もたえず蛇の不意の出現を警戒している風だった。私は、蛇はいまごろは眠っているからだいじょうぶだと言いながら、あたりを物色していた。そしてそこの冬枯れた草叢の中に、私は蛇ではなしに、まだかなり新しい子供用の——白いバスケットまで付いた——自転車が一台ひっくり返っているのを発見していた。だが私はべつに慌ても騒ぎもしなかった。手を触れようともしなかった。真っ昼間、人通りも少なくないこんなところでわが子の自転車を調達しているのを近所の口うるさい主婦たちに見とがめられては面白くない――日が落ちてから取りにきたほうがいい。私は足元に横倒しになって冷たく光っている品物をしきりに値踏みして、それがいつか五千円で売りつけられた「粗大ゴミ」よりはるかに上等なものだと判断せざるを得なかった。私はその場は遠目に目星をつけるだけで大人しく引きかえした。

三歳の息子の手を引いて通りを歩きながら、私はこの子にも当分の間はあの自転車で練習させて、上手になったら新しいのを買ってやればいいと言訳がましく考えていた。どこの誰か判らない――ひょっとしたらすぐ近くに住んでいるのかもしれない――よその子供のお古《ふる》をわが子に使わせるのは、父親としてははなはだ心痛むことだが、盗んだ品物ではないのだから恥じる必要もなかった。にもかかわらず私はどこからともなく、自転車泥棒！という声が聞えてくるように思うのだった。なぜそんなことがいまごろ急に気になりだしたかというと、それにはたわいのない理由があった――二十年以上も昔に私はそんな題名の忘れがたいイタリア映画を見たことがあったのである。

もっとも、あの映画の自転車は今日私がうるさくせがまれているような子供の自転車ではなかった。まだ自転車が「粗大ゴミ」に成り下がっていなかった戦争直後の混乱の時代に、一台の古自転車を盗まれたがために父と子が悲しい一日を過ごす破目になる話だった。

棄てるどころか、古自転車が立派に質に入った時代の話だった。長いこと失業していた父親がやっとビラ貼りの仕事にありついて、妻のシーツと入れ替えに自転車を質屋から出す。そして幼い息子をつれて勇躍ビラ貼りに出かける——そんなふうに映画は始まっていたようである。だが主人公はビラを貼っている隙にその自転車を盗まれてしまう。警察に届けるが相手にされない。古自転車の市場にも行ってみる。血眼になって探しているうちに自分の自転車に乗った男をみつけるが、逃げられてしまう。父親はいらいらして子供に当りちらすが、子供は疲れと空腹でしゃがんだきり動かない。(情ないことに、あれほど感動した私ももはや断片的なシーンのいくつかしか覚えていない。白状すると私はこの筋書きも古い映画事典をたよりに辿っているのである。)父親はすねる子供を放って歩いて行くが、そのうちに背後で子供が河に落ちたというさわぎを耳にして慌てて駈けつける。だが息子ではなかった! 父は子がいとおしくなり、レストランに入って僅かの金で料理を食わせ、自分も一杯の酒にいい気持になる。だが隣のテーブルではわが子と同じ位の年齢の金持の子供が両親に囲まれて豪華な食事を楽しんでいる。軽い財布、家で待っている妻のこと、明日からの仕事のこと——たちまち父親の酔いはさめてしまう。そうしてこの父親は、苦しい一日の終りにフットボール競技場でとうとう人の自転車をかっぱらい、子供の見ている前で捕えられる。ラストシーンは、情状酌量のすえ釈放された父親が子供の手を引いて男泣きに泣きながら夕暮れの人ごみに消えて行くところで終っていたように思う。

　私はなんだかひどく身につまされて、観終ったあとその主人公の父親のように泣きぬれていた。すべてがついこないだまでの私の身の上のようであった。戦争から帰ってきた私の父は、ビラ貼りこそしなかったが、自転車こそ盗まなかったが、食べる苦労に痩せ衰えていたのは似たようなものだった。それにひきかえ今の私は――あの映画のうらぶれた父親に遠く及ばない。どんなことをしてでも必死に子供らを食わせるという真剣さにおいて、死んだ自分の父親にすら及ばない。私はせいぜい子供の自転車を調達すべく「粗大ゴミ」の山におそるおそる分け入ったりするぐらいが関の山だった。私の子供らもまた然りだった。彼等はあの映画の少年のように、かつての私のように、ボロをまとっているわけでも腹を空かしているわけでもなかった。幼い息子は、目の前を消防自動車が通り過ぎると、大きくなったらあれを買ってほしいなどと言うのだった。また市役所の屎尿《しにょう》処理車が通りかかると、あれもいつか買ってほしいなどとせがむのだった。食いふくれて満足を知らない子供たち！

　そんなわけで同じ自転車に寄せる感懐も、私の場合は子供たちと違って骨身に沁む貧乏と孤独の匂いのするものばかりだった。そして自転車を棄てるといえば、その昔やはり二十年近くも前にたった一度だけ私は自分の愛車を遺棄したことがあった。私は大学生で、冬の夜遅く家庭教師のアルバイト先から帰ってくる途中だった。毎晩々々そんな日がつづき、金もなく楽しい事もないので私はなんとはなしに捨て鉢な気分に陥っていた。私は真っ暗な中でわざと目をつぶったり両手をハンドルから放したり、寒さしのぎにただもう気違いのようにペダルを踏んだりして疾走していた。と、やにわに自分の身体が宙を五メートルぐらい、ふわあっと飛んだように思った。工事中の路上に置いてあった黒いドラム罐にまともに突っ込んだのだった。放り出された私は不思議なことに掠り傷ひとつ負わなかったが、古い自転車はすっかりひしゃげてしまい、完全な円であるべき車輪が不等辺四角形のようになっているのが暗がりでも見分けられた。で、私はその自転車をその場に遺棄して、歩いて家へ帰った。汚れた下着をよその家に脱ぎ捨ててきたようないやな気持がしないでもなかったが、とにかくもう見る気がしなかった。いま思うと、あの時の私の自転車こそは百パーセント更生不能の「粗大ゴミ」の見本ともいうべきものだった。

ところで、昼間私が原っぱでみつけて確保したつもりでいた子供用の自転車がどうなったか？——それについて報告しておかなくてはならない。その晩私が夕食のテーブルでおもむろにその一件を打ち明けると、妻も子供たちも熱心な反応を示したのは言うまでもなかった。とりわけ上の二人の息子は、現在あてがわれているのよりも少しでもましな古自転車を欲しがっていたから、われ勝ちに現場へと駈けつけることになった。しかし、私の一家五人が一団となって「粗大ゴミ」の山のふもとに到着した時には、目あての子供用自転車はもう無くなっていた。それどころか、昼間見かけた大人用の古物さえあらかた姿を消していた。

　あんなものは誰も持って行くまいとタカをくくっていた私は軽率であった。遅ればせながら私が気づいたことは——どうやら古自転車の回収にかけては私などを上まわる常連がいるらしいということだった。それはなんともこそばゆいような光景だった。そこにはすでに何組かの——私に似た——親子づれがいたのである。小さな女の子をつれた若い母親もいた。彼等ははじめから手ぶらでやってきたのか、それとも何か廃品を出しにきたついでに掘り出し物をあさっているのか、闇の中でゴミの山を突き崩しては懐中電灯でそここを照らしていた。それにしても、昼間は人気のないこの原っぱが夜になるとともに賑わいだすというのも愉快な話であった。

　あの子供用自転車もきっと彼等の仕業だった。彼等はおそらくこの私以上に子供に新品の自転車を買い与える余裕のない父親や母親にちがいなかった。私はそんな親子のいる家庭をひどくなつかしいもののように想像して、安堵の微笑を禁じ得なかった。このあたりにはふところの暖い連中ばかりが住んでいるかのように思い込んでいた私は、間違っていたようだ。こと自転車に関しては世の中はうまく出来ている。惜しげもなく捨てる人もいれば待ちかまえていて拾って行く人もいる。ただ捨てる人間は白昼堂々とやってくるのに、拾うほうは夜陰に乗じ人目をぬすんでひそかにやってくるという違いがあるのだった。結局町の古自転車の台数はプラスマイナス・ゼロというよりはかなり不足気味で、依然として自転車業者を利する結果になっているのだろう。それにまた彼等だって、銀ペンキを塗って若干手直しを加えるだけで何千円にもなるこの「粗大ゴミ」を見逃がすはずはなかった。

先着の一家の中に同年輩の競争者をみつけたために、私の子供たちはひどく刺戟されたと見えて、負けじとばかりに廃品の山を崩しにかかっていた。『おい兄貴！ 来てみろ！ こんなものがあるぜ！』『よーし、いま行くからな！ ちょっと待ってろ！』――兄と弟とが闇の中でけたたましく呼び交しているその有様は、まるで宝の山でも探しあてたかと思うようだった。自転車さがしのつもりでやってきたのが、いまや当初の目的は見失われて物欲をむきだしにしたゴミあさりが展開されていた。暗いからいいようなものの、私はさすがに恥で顔が赤くなるのを覚えてしきりに彼等を叱りつけた。『やめろ！ きたならしいことは！』だが誰も耳をかす者はいなかった。彼等の母親までもが、いったい何を探し出そうというのか、幾重にも積み重ねてある家具の山に足をかけてガラガラと引き崩していた。私はなおも家族にむかって叫ぶのをやめなかった。『やめろ！ いい加減に！

そんなガラクタ、いくら欲ばって持って帰ったって使えやしないのだ！　使えないからこそ捨ててあるのだ！　乞食みたいな真似はよせ！　よせ！』そんなふうに口走る言葉は、私が日頃披瀝している見解とも現に今夜こうしてここにやって来ているその行ないとも明らかに矛盾しているのだったが、とにかく私は彼等を引き揚げさせるのにやっきになっていた。そしてそのくせ問題の子供用自転車については、もう二、三日待てばまた同じような品物が出るかもしれないなどと考えているのだった。

後刻、一家五人が明かりの下に集合してみると、五人のうち三人までは大なり小なりいかがわしい拾得物をたずさえてきていることが判った。あさましいゴミあさりに加わらなかったと言えるのは、かろうじて三歳の子供だけだった。彼は最初から他のどんな品物にも目をくれずに、道ばたにころがっていた椰子の実――それも虫の食った古い飾りものの椰子の実を一個、ラグビーのボールのようにしっかり小脇にかかえていた。

言葉

私の四歳になる息子はいまだに多くの片言をあやつる。私はそれを一々直してやらない。直していたらきりがない。いずれそのうちには直るだろう。それに、息子がくちばしる不思議な言葉を聞いていると、私もなにかと参考になる。

彼は、「傘ふって」という。傘さして、のつもりだ。

「ああ、ぶっくりした」という。びっくりのこと。

「ぶっこ・こわす」などともいう。

秋になったら、冬になったら、と私が話すと、「なんにち、秋（冬）になる?」と訊く。ある日いきなり秋になり、冬になるものと思っているのである。

その他まだいろいろある――

「おてまぎ」（お手紙）、「アブラム」（アルバム）、「たかしやま」（高島屋）、「マクス」（マスク）、「ホチケット」（ホチキス）、「エー・ビー・シー」（ＢＣＧ）、「けんぶりこう」（顕微鏡)、「うもべし」(梅干)、「ひまんじゅう」(饅頭)等々。

あまり甘いものばかり食べさせると肥満児になる、と大人が話しているのを聞きかじって、饅頭のことと混同しているのである。町をつれて歩いていると、不意に、「ひまんじゅう買って！」

という。

彼は、夜は誰よりも早く自分のベッドに入るが、窓のほうを向いてねると――つまり心臓を下にしてねると――「ユメがくる」ことを知っている。だから用心して、こっちを向いてねる。だが、そのうちにあっさり寝返りを打って、ユメにおそわれるのである。

あくる朝、私は、ゆうべのユメはどんな顔をしていたか、たずねる。

息子はうまく答えられないで、口の中でぶつぶついっている。当人が一所懸命顔をしかめて再現してみせるところから推測するに、なんでもひどくとりとめのない、奇怪な面相のものらしい。そいつが夜な夜な、窓のほうから入ってくるのだと思っている。

どんなにぴったり雨戸を締め、ガラス戸をしめておいても入ってくる。なんとなれば、あらゆる化けもののたぐいは戸の隙間や節穴からするすると入ってきてしまうからである。

まったく、こればかりは私が子供の時分と少しも変っていない。

お天気のいい日、私はこの息子を自転車のうしろに乗せて、近くの川っぷちを走る。高い土手のへりには柵もなにもないから、一つ間違えば水中に転落しかねない。そこを相当ないきおいでつっ走るのである。

「パパは自転車、じょうずだねエ、ママはへたなんだよゥ……」

息子は私の腰にしがみついて、ふるえながら、それでもお世辞は忘れない。

「そうさ、ママはこんなところは走れやしないさ、女だから……」

私のほうも適当なあいづちを打っておく。

走りながら、私は眼下に陽をあびて光っている流れをさして、

「これは何だ？」

と息子に質問を発する。

「うみ！」

その返答が私をがっかりさせ、おもわずスピードを落させる。

「海じゃないよ、川だよ。」

「そうか……」

背中でたよりないひとりごとが聞える。

「この川がどんどんどんどん海のほうへ行くんじゃないか。おまえ、海、知ってるだろう？」

「しってるよ。」

それで私は、息子がきょうまで、少しよけいに水が溜っているところは全部海だと思っていたらしいことを知る。しかし、それは国語学上必ずしも誤りともいえない。それに、このごろの子供はもう夏でも海には用がない。用があるのはプールだけだ。

別の日。

外は、大人が霖雨と呼ぶところの初秋の陰気な長雨である。家の中で私は半日くったくしている。何をする気にもならない。

父親がそんなふうだから、真剣に構ってもらえない小さい息子はいらいらしている。やにわに兄たちに物をなげて反対にぶたれたり、一人で暴れたはずみにこぶを作ったりしている。

一家の険悪な空気を打開すべく、私はとにかくこの子をつれて外へ出ようという気になる。近くのスーパーへ、買い物にでも。だが買う物はさしあたって何もないという。では、むこうへ行ってから考えよう。

「おい、買いもんに行くぞ！」

私がいうが早いか、息子は転げるように走ってきて、事実、その辺で自分の散らかした積木かなにかに蹴つまずく。

置いて行かれてはいけないと、はだしで玄関のたたきに跳び下りる。あわててはいた運動靴《ズック》は右と左あべこべだが、その恰好でもう戸の外にちゃんと控えている。犬みたいに。

「傘ふって行くんだ。」

私はおごそかに申し渡す。

もっとも私は、車で行くのでなければ、こんな雨ふりの外出はごめんなのだ。だから傘は車の乗り降りにちょっと必要なだけである。しかし、ほんの少しでも濡れるのはいやだから、持って行く。

私が車のドアをあけると同時に、息子はこれまた自分でシートを倒して、その隙間から飼い犬のようにすばやくうしろの席にもぐり込む。手間がかからなくて助かるが、よく狎らされた動物を見るような奇異な感じだ。

それから、暮れがたの、ひどく曖昧模糊とした通りを、こちらもひどくとりとめのない気分で走り出す。その上、このうっとうしい雨景色だ。車のライトを点けるべきか、べきでないか、運転している間じゅう考えていなくてはならない。

突然、前方の路上を、野ねずみらしきもの、右から左へ走りぬける。

「ねずみだ！」

私は子供に教えてやるが、

「どこ？」

といって彼が身体を乗り出した時には、もうだいぶ行き過ぎている。

もっとも、あれが鼠かどうか私にもよくわからない。古雑巾をしぼったような形の黒っぽい物体が、草むらから這い出るなり、反対側の草むらに全速力で走り込むのがちらっと目に入っただけだ。もぐらかもしれない。しかし、もぐらが地上をあんなに速く走れるものかどうか、それも私は断言できない。

スーパーで、備えつけの黄色い籠を持つのは息子の役目である。だがそれも最初のうちだけだ。買うものでだんだん重くなってくると、途中で投げ出してしまう。

それに、私はたえず用心していないといけない。息子があちこちの陳列棚から手あたり次第に好きな品物を取って、籠に入れてしまうからである。よく見張っていないと、レジに行ってから、入れた覚えのない干瓢だの、糠の徳用袋だの、豆電球だのに出くわすことになる。

私は息子に空《から》の籠をもたせて売り場を一巡するが、とくにほしいものもない。あげく、折り紙だの、幼児用の歯ブラシだの、ビスケットだの、……子供のものばかり買わされる。

息子はふと、とびきり大きな箱に入った洗濯用の中性洗剤をみつけて、それを買うようにと強くすすめるが、私はことわる。

私がレジに籠を出し、金をはらい、うけとった紙袋に品物をつめている間、息子はしんぼうづよく待っている。それが終れば、つぎは彼の仕事だからだ。袋の口を「ホチケット」でとめるのは、彼の役目なのだ。彼はもうそいつを手にして、待ちかまえている。

家ではホチキスを自由に使わせてもらえないからである。いくらタマを入れておいても、片っ端から打ってしまう、本のページでも書類でも、何でも綴じてしまうので、みつけ次第とりあげることにしている。その分をスーパーへ来て打つというわけなのだ。

「もういい、もういい。」

というまでは小さな紙袋に何発でも隙間なく打つ。

よその子供たちもきっとここで私の息子とおなじ衝動にかられるのであろう、このスーパーのホチキスはどれもたいがいタマが空っぽになっている。

さて、出口をでると、そこにまた厄介なものがある。電気仕掛けの木馬である。私がそれを見ないふりをして通り過ぎようとしたって、むだである。乗りたいのは私じゃないのだから。

息子は私に断わりなしに、もうそれにまたがっている。

「こんなもの、赤ちゃんの乗るものだ。おまえはもう四歳なんだから……」

いつもきまって同じセリフをつぶやきながら、私の指はしぶしぶ二枚の十円玉を投入口にすべり込ませる。

そいつが動き出す、にぶいモーターの音を立てて、いやいやのように、事務的に。

息子は、運動神経が鈍いので、こんな機械でもこわいのか、両手でしっかりと馬――ロバか?――の耳につかまっている。そして、まったく自主性なく前後に揺すられている。

少し慣れてくると、安心したように、バツが悪そうに、父親の顔を見て笑いかける。その笑いが、なにか病身の子供のそれのようで、わが子ながら薄気味がわるい。

バツが悪いのは、もっぱら私のほうである。図体だけは年以上に見える息子を、赤ん坊の乗り物にのせて喜んでいる、そんなふうに見てもらいたくない。常識を重んずる人間である私には、堪えがたいことだ。

やがて機械の音がぱったり止んで、木馬はもうそれ以上梃子でも動かなくなる。息子はいぶかしがるが、私はホッとする。

しかし、これですべて終ったわけではない。息子は木馬から下りるなり、

「やきとり!」

という。

すぐ目の前の屋台で、鯛焼きとやきとりと両方やっている。以前、私はよくここで鯛焼

きを買ってやったものだが、いまでは甘いものを与えすぎたことを少々後悔しているのだ。

それで息子は、

「鯛焼き！」

といえば、私が、

「ひまんじゅうはだめだ！」

というのを知っているので、頭を働かせて、

「やきとり！」

と叫ぶのである。

その責任は私にあることは否定できない。

私は小銭をかぞえて、やきとりを二本買い（一本三十円）、息子に一本手渡す。

それから、雨の中を二人で「傘ふって」駐車場にもどり、首をすくめて車に乗り込む。

私は自分のやきとりを平らげて、串を窓から捨てる。見ると、息子は手にもったままでいる。

「たべないのか？」

「おうちに帰ってから食べる。」

「ここでたべてしまいなさい。」

私としては、やきとり一本で無用な兄弟喧嘩は避けたいところだ。そうでなくても上の二人は、この弟がときどき父親と外でやきとりをたべて帰るらしいのを快く思っていない。息子が一本のやきとりを大事そうにかじっている間に、私はタバコをすう。

「おいしいか？」

「おいしいよ。」

「それ、何の肉か知ってるか？」

ふりむいてたずねると、息子は、口のまわりを鼻のあたままでやきとりのたれで真っ茶色にして、確信ありげに答える。

「ぬわとり。」

「ぬわとりじゃない、にわとりだ。」

「にわとり……」

「そうだ。」

私は車のポケットからちり紙を出して、息子の口を拭いてやる。

いままで気がつかなかったが、息子の頬っぺたの、こめかみの辺に赤いスタンプが捺してある。二階の私の仕事部屋にあるゴム印をいたずらしたのだということが、一ぺんでバレる。その文字は息子には読めないが、私には読めるから――「原稿在中」と。

天使が見たもの

校舎のはずれのグラウンドとの境い目のところに、羽目板にはりついたような恰好で、どこの小学校にもある古ぼけた鳥小屋があった。もとはありふれたにわとりとハトぐらいしかいなかったのが、その後、軍鶏《シャモ》がはいり、雉子がはいり、うずらがはいってきた。そのたびに小屋は継ぎ足しつぎたしされて、いまではいくつも小部屋をつなげた鳥のアパートみたいになっていた。一度などはにわとりの小屋のなかにもう一つ小さな木の箱が置かれ、大きな黒い兎が窮屈そうに飼われていた時期もあった。

鳥たちはたいていつがいだったから、隅の暗がりの土のくぼみなどにそれぞれの特徴のある卵がひっそりと産みおとされていたり、親どりをそっくりそのまま寸法を縮めたような雛が、ある日突然に地面から湧いて出たといった感じでいつのまにかちゃんと歩いていたりするのだった。そんなとき特に雉子の母親は気が立っていて、人間が金網のあいだから入れた指にいきなり嘴《くちばし》でおそいかかることがあった。ときどき小屋のなかにあやしげな木ぎれがたくさん落ちているのは、びっくりさせられた子供たちが腹いせにやったしわざなのだ。

これから話す少年もよく鳥をかまう常連の一人で、よその組の先生も用務員の老人も彼の名前はともかく顔には見おぼえがあるはずだった。少年は四年生になってから教室がかわったので、以前よりよけい鳥小屋の前を通るようになっていた。それで通りかかると必ず足をとめて、端から順番に鳥たちをからかっていくのだった。しゃがみこんで手なずけるようにやさしく呼んでいると、鳥が少しずつそばへ寄ってくる、そこを不意に大声でおどかして金網を叩いたりゆさぶったりするものだから全部の鳥が右往左往した。少年にはそれがおもしろくてたまらなかった。ときには近くの学級花壇に生えている草をむしってきて自分の手もとで啄《ついば》ませてやったりもしたが、みんなが同じことをするので鳥はじきに彼の餌に見向きもしなくなった。なんとかしてこっちを向かせたい。ほんとうは勝手に餌をやることも飼育係の生徒以外には禁じられているのだが、少年はその程度では満足できず、こっそり鳥小屋のうしろに回って戸の掛け金をはずし、なかに踏みこんで逃げまどう鳥たちを両手で取りおさえようとしたりした。そんなところをよその子に見られて先生に言いつけられたことも何度かあったが、そしてそのたびに先生は叱ったが、少年はやめなかった。だれも見ていないときにやるチャンスはいくらでもあったから、あいかわらず放課後になると（雨の日でも傘をさしたまま）鳥小屋の前でひとしきり時間をつぶしてからでなくては帰らなかった。

少年の母親は以前から昼間はパートタイマーで働いており、いまは近くのスーパーマーケットに出ていた。母親がいないときでも部屋の鍵はアパートの入口に置いた少年の自転車のブザーのなかにかくしてあって、それでなかにはいることができた。台所のテーブルには必ず母親の置手紙があった――『おやつはなにがどこに（夏なら冷蔵庫に）あります、お母さんは何時に帰ります、宿題をやりなさい、自転車であまり遠くへ行かないように等々』いつもきまりきった文面で、朝刊にはさまってくる広告のチラシかなにかの裏に、読みやすい大きな字で書いてあった。少年は知らされなくてもおやつはまっさきに見つけたから、毎度食べおわる頃になってから母親の短い文章を何べんも読むのだった。しかし言いつけは二つとも守らなかった。宿題はやらなかったし、天気がよければ自転車でずいぶん遠くまで出かけた。よその子供と遊ぶことはほとんどなかった。ずっとおなじ土地、おなじ学校にいるのにこれといった友だちができないのは、おない年の連中からも「幼稚っぽい」とか「ちょろい」とか見られている、そのせいもあった。事実、背もひくくて二年生ぐらいにしか見られないことがあった。それにだいぶ近眼がすすんでいて、健康診断で眼鏡をかけたほうがいいと言われていたが、まだそのままにしていた。それでちょっと遠くのものを見るとき、じっと目を細めて見る癖がつき、それがまた友達にあなどられる原因の一つになっていた。

少年はときどき母親に、なんでもいいからなにか生きものを飼いたいんだけど、と持ちかけてみるのだが、母親はきまって、生きものはたくさん、と言うのだった。病弱できれい好きな母親は動物は家のなかを汚すからといって嫌がったが、二人がいまいるアパートではもちろん犬や猫は飼えなかった。だったら小鳥か金魚でもいい。すると母親は、金魚はじき死んでしまうし、鳥はあの尖った嘴を見るだけでもうこわくてたまらない、などと言うのだった。少年としてはあきらめるほかはなかった。母親は口に出して言いはしなかったけれども、ほんとうは少年がいるだけでももてあましていたのだ。生きもの！　そう言うなら息子だって生きものみたいなものだったし、母親のほうはもっと厄介な生きものだった。彼女は最近では月に二、三回、持病の高血圧と心臓の発作をおこして倒れた。するとその看病も家事もいっさいが少年にかかってきた。発作がひどいときには母親は口がきけなかったが、どうすればいいかは息子におしえてあった。少年はそのとおりに電話をかけに行ったり医者に薬をもらいに行ったりした。自分で御飯をたいて、一人でおかずを買いに行った。それも面倒だとインスタントラーメンばかり食べてすますこともあったし、コロッケをはさんだパンだけの日がつづくこともあった。母親はふだんでもしょっちゅう頭が痛い、腰が痛い、目まいがすると言って、一週間に一ぺんは近くの病院で注射をしてもらっていた。それでもやっぱり発作のたびにまっさおになり、息をつまらせて、死にたい、死にたい、と言うのだった。このままいつまでもなおらないんなら死んだほうがいい！　発作がおさまると、母親はふらふらしながらまた働きに出たが、そんな勤めぶりだから店のほうでもいい顔をしなかった。その埋め合せにつらいのを押して半日立ちづめで働き通してくるので、夜帰ってきても機嫌の悪いことが多く、ときには息子にあたりちらした。部屋をちらかしているといって口やかましく叱ったり、少年のがらくたを投げたりした。宿題をほったらかしにしているといって少年を寝巻のままアパートの通路につきだしたりすることもあった。少年のほうでは、それでも一人でほうっておかれるよりはよっぽどうれしいのだった。

その日、放課後のグラウンドではサッカーのチームが練習をはじめていた。橙いろの縞のユニホームをきた選手たちが、いっせいにどなるような掛け声をかけながら息をきらしてランニングをしていた。上背のあるがむしゃらな子が多かったが、なかには少年ぐらいの小柄な生徒もまじっていた。彼らが一団となって目の前を通りすぎると、土ぼこりがさっと押しよせて少年と鳥小屋をつつんだ。十一月のよく晴れた空がまぶしいようだったが、海からの風はもうつめたかった。きょうにかぎらず、サッカーの連中がいるとわかると少年はいつも自然に目を細めてその中の一人をさがした。あの六年生の子がまた彼をみつけてなにか言いにくるんじゃないか？

あれはまだ夏休みにはいる前の暑い日だったが、少年がやはりこうして鳥小屋のところにいたら、サッカーのボールが足もとにころがってきた。それで彼はそのボールを走ってきた六年生の子にむかってズックの先で蹴り返してやろうとしたのだが、うまく蹴れなくてボールはもっと遠くへ行ってしまったのだった。相手は少年がわざとやったのだと思って腹を立て、なにかどなってよこすとまたボールを追っていったが、途中でふっと向きをかえてもどってきた。そしてまっすぐ少年に近づいてきて、おい、いいことを教えてやろうか、おれはおまえの秘密を知ってるんだぞ、と言った。少年がききかえすと、秘密は秘密さ、とませた口調で言って、でもみんながいるところじゃかわいそうだから、こんど二人っきりのときに教えてやる。それだけ言ってさっと駈けていってしまった。秘密ってなんだ？　少年はその晩食事のあとで母親とテレビを見ているとき、昼間のことを持ち出してみた。さあ、なにかしらね、どうせまたつまらないことじゃないの？　母親はあまり取り合おうとしなかった。病気に悪いと医者からとめられているタバコを母親はこのごろまたずいぶん吸うようになっていた。タバコを吸っているときというと、母親はくたびれてぼんやりしてしまっているか、それとも考えごとでいらいらしているかして、どっちにしろ少年がなにか言ってもろくにきいてもいないことがあった。だがこのときは、母親は息子がテレビでも見ているあいだにそんな話題は忘れてしまってくれればいいと思っていたのだ。そしてもしも息子があれこれとしつこく気をまわすようなら、この場でうまくごまかしてしまわなくてはいけない。しばらくして母親は、さっきの秘密というのはなにかわかった！とさも思いあたったという口ぶりで言った。それはおねしょのことだ。おねしょ？　息子はへんな顔をした。母親は、せんだってだれかよその母親と道で出会って立ち話をしたとき、少年が四年生にもなってまだときどきおねしょをするといってこぼしたから、それがつたわって、六年生の子の耳にはいり、秘密だなんて言っているのだ、と言った。息子はまだへんな顔をしていたが、とにかくその事件はそれで一応けりがついたようだった。母親はもうこれ以上その上級生が息子に近づいてくれないことを祈りたかった。

なんとか無事に息子を言いくるめたあとでも母親はさすがにおだやかでない気持だった。いつまでもこんな子供だましが通用するはずはない。もっと早くに解決しておけばよかったのに、いずれ適当な時期が来たらと延ばしのばしにしているうちに息子はいつのまにか十歳になっていた。そして息子はいまだに父親というものは女が子供を生んでからみつけるものだと信じこんでいるのだった。長年のあいだにそうしむけてきたのは母親自身だった。彼女のほうから、そろそろあんたのお父さんをみつけなくっちゃね、などと無責任なことを歌うように言い暮してきたのだ。それで息子のほうでも、お母さん、もういいかげんに結婚したら？　などと言うし、たまに用事でたずねてきた男の客を見て、あの人、ぼくのお父さんにどうかな？　と言うようにまでなっていた。だが他にどう言いくるめようがあったろう？　母親にしてみれば、どこかでちゃんと生きている一人の男のことを死んでしまったとか天国にいるとか吹きこむ気にはなれなかった。それよりもいっそのことそんな人物ははじめっからいなかったことにしておくほうが彼女の気持にはよほどぴったりするのだった。じっさい彼女が真剣におそれるのは、十年前の離婚のことをいずれは息子に打ち明けなくてはならなくなることより、あの夫がある日突然息子の前にあらわれたりしやしないだろうかということだった。別れたあと二、三年は夫はこの市内のどこかにいたらしかった。一度だけ彼女は息子の手をひいて街の横断歩道をわたろうとして、夫が目の前をすっと通りすぎるのを目撃したことがあった。外車のハンドルを握っていたのはどぎつい化粧をした知らない女で、夫は助手席にちょこんとひかえていた。だらしなくのばした長髪も生彩のない顔色も出ていったときのままだった。真っ赤なスポーツシャツなど着こんで、まともな勤めをしているようには見えなかった。うまいぐあいに信号が変ってくれたので夫はすぐ鼻先にいた彼女にも息子にも気づかずに行ってしまった。その後近所のおせっかいな主婦に駅で夫を見かけたという話をきかされたことがあったが、それぐらいだった。夫はきっとまた東京へ出ていったのだ。夫のような人間にはそのほうがなにかと便利にきまっている。今度はきっとああいう行きずりの女をつかまえてひもみたいな暮しをしているのだろう。

夫は大学時代にはあんなふうじゃなかった。ちょっとした美男子だったが、田舎出の青年らしく、まだどこかおずおずとしたところがあって実直そうで、お嬢さん育ちで世間知らずの彼女の目にはたのもしくさえ見えたのだった。それで彼女の両親やきょうだいがあやぶむのも押しきって卒業と同時に結婚してしまった。ところがいっしょに生活してみてわかった。あそび好きで、見えっぱりで、そのくせ貧乏性で、会社の給料も自分の小遣いの残りしかくれようとしなかった。そしてせっかく外国系の広告代理店に就職したのに、連日の遅刻と酒と女とで一年ももつとまらなかった。金の使いこみまでしていたことがあとでわかった。駆けだしの女性タレントをつれて大阪へ出張するのに東京からハイヤーで行き、途中で金が足りなくなったからといって彼女に電話をかけてきたことさえあった。一歩外へ出るとなにをしているのかさっぱり見当がつかず、でもそういう商売なんだからとまるめこまれているうちに、いやに休みの日が多くなり、一日家にいてテレビばかり見ているのでおかしいと思ったときには、もう半分馘《くび》みたいな恰好でやめてしまっていた。そして、おれは人に使われるような人間じゃないんだとか、近いうちに自分でプロダクションをはじめるんだとか言い出した。ちょうどお腹《なか》に少年がいて、彼女が働きに出ようにも出られない時期だった。夫は、おろしちまえよ、そんなもの、と言ったが、彼女は一人で病院に行って生んだ。お産のときも夫は知らん顔をしていた。それから赤ん坊を近所の主婦に見てもらって彼女がパートなどで働きに出るまでの半年間、夫は家でごろごろしていた。お金がないと言うと、どこかで借りてこい、と言うだけで、自分でも外であやしげな金をこしらえてきたことが二、三度あったが、そんな金でさえ夫は自分ひとりで使おうとするのだった。そうでなくても朝から蒲団にはいったままテレビをつけっぱなしにして新聞をよみ週刊誌をよみ、昼になると（彼女が赤ん坊のミルク代にもけちけちしているのを知っていながら）寿司屋へ電話してトロばかり握らせて出前させるので、その払いだけでもたいへんだった。そして午後は彼女の財布から金をくすねてパチンコに行く――そういうばかげた生活がこのままほうっておけばいつまでつづくかわからなかった。

だから最後は彼女のほうから出ていってほしいとたのんだのだ。夫はさすがにそのときは顔色をかえたが、意外におとなしく出ていった。なにひとつ持たずに着たきりで出ていった。またふらっともどってくるのではないかと思うような出て行きかただった。しかしあの最後の日のことを思いだすと、いまだに彼女はちょっぴり心が痛んだ。あれはいくらなんでもひどかったのではないか。その日の朝、夫はたった一つ小さな要求をした――きょう一日だけ、せめて半日だけでも赤ん坊とあそばせてくれないか、と言ったのだった、そうしたらおとなしく出ていくから、と。だが彼女は即座にはねつけた。とてもそんな気持にはなれなかった。子供にはもう手もふれさせたくなかった。そして、もしも夫がこれ以上ねばるようだったら自分のほうから子供を抱いてどこかへ行ってしまおうと身がまえた。彼女の剣幕に夫もあきらめたのか、じゃあ、と言ってゆっくりアパートを出ていった。空が日一日と夏めいてきて、街をゆく男女の服装にも白いものが急に目につきだした時分だった。あの朝のことがいつまでも後悔された。あれが息子と父親との今生の別れだったのなら、自分の気持には目をつぶってでも、どうして一日ぐらい夫にゆっくり赤ん坊を抱かせてやれなかったのだろう。息子はそんなこととは知らず、いまに母親が父親をみつけてきてくれるものと信じきっていた。息子は家族旅行というものも知らなかった。正月も五月の連休も長い夏休みもいつも家にばかりいて、どこかへ行ったことがないので、作文や絵日記を書くのにも不自由するのだった。

彼女はこのごろでは命とりになるかもしれないと思いながら、タバコばかりかウイスキーものむようになっていた。そしてのんでいるうちにいつも泣きたいような気分になるのだった。泣けたらいいのに！　いっそ思いきって声をあげて泣いてみたかったが、狭い木造アパートの一室ではそんな人さわがせなこともできなかった。それに彼女がもうそれなしではいられなくなっているウイスキーの壜を出してくるのは、息子が寝てしまってからでなくてはならなかった。息子にだってそんなふうにめそめそしているところは見せたくなかった。だが少年のほうでは母親がこっそりお酒をのむことをちゃんと知っていて、いつかそのことを学校で作文に書いたので、彼女は息子のクラスでは「酒のみのかあちゃん」という異名さえもらっていた。息子を叱るわけにはいかなかった。息子は酒をのむ父親というものを見たことがないのだから、代りに母親がお酒をのんだってちっともおかしくはないと思っているみたいだった。彼女はまた「ライオンおばさん」というあだ名もつけられていて、少年が学校でみんなにからかわれる材料を提供していた。スーパーのレジにいる彼女を見て子供たちがつけたのだ。以前、彼女が気分をかえるために髪を染めていたころ、それがライオンのたてがみのように見えたからというのだった。息子は母親の身なりのことなどなにも言わない子だったが、ある日学校から帰ってきて、お母さん、毛を染めるのやめたら、というのではじめてわかった。じっさい彼女はもう若くも美しくもなかった。この数年間でおそろしく老けてしまい、みっともないと言われなければそのことにも気がつかないでいるいやな年齢になりかかっていた。それはなんといっても病気のせいだった。娘時代には病気知らずの立派なからだをしていたのに、結婚して少年を生んだころからあちこち故障が続出するようになった。なりふりもかまってはいられなかった。夫と別れてからは、質屋というところへも生まれてはじめておそるおそる行ってみた。内職に婦人服のミシンもふんだし、夜間の保母もやった。生命保険の外交員も一時やってみたが、これはデートしてくれたらはいってやるなどと言われたのでじきにやめてしまった。タバコを吸いはじめたのも、いまみたいに外で働くようになってからのことだった。

少年は学校から帰ってあちこち自転車を乗りまわしたあと、スーパーのしまる七時ごろによく母親を迎えにいった。スーパーのある私鉄のビルは、少年の学校と自宅と三つを直線でむすぶとちょうど正三角形になるような位置にあり、駅前のにぎやかな通りに面して、すぐうしろを電車が走っていた。白い六階だての大きなビルで、いちばん下がスーパーマーケット、二階が個人商店、三階から上は高級マンションになっていた。母親を待っているあいだ、少年は店内を一人で歩きまわったり、横のマンション専用の入口からエレベーターを勝手にうごかして屋上にのぼったりした。そこからはこの海岸一帯のけしきがすっかり見わたせるのだった。夏のあいだは湾の空と水をいちめんに染める夕やけがきれいだったが、このごろは日がおちるのが早くて、少年がやってくる時間には夜景しか見られなかった。海ぞいのモーテルやレストランのネオンがかがやき、点々と灯がつらなった海岸通りを車のライトがすばやくかすめてゆく、そのむこうに真っ暗な海がひろがっていた。海の霧が屋上のコンクリートの壁も濡れるほどあたりをつつんで、そうした灯が遠くぼんやりとしか見えない晩もあった。

「蛍の光」の音楽にかぶせてスーパー閉店のアナウンスがながれるころには、母親はたいてい一般のお客にまじってその晩二人で食べるものをえらんで歩いていた。そしていちばん最後に仲間のレジの若い女性にレシートを打ってもらうのだった。少年はそのすきに自分でとってきたおやつや文房具を母親の籠にもぐりこませたりした。レジをやっている娘たちは少年がそばに行くともう顔を見知っていて、なにかおあいそを言うのだったが、彼は母親がここではよく思われていないのを知っていた。ふだん病気がちでよく休むうえに、少年がいるので帰りもまっさきに帰らせてもらうのもいけなかった。それに母親がレジに立つと動作がのろまで能率が上がらないので、また悪く言われた。しかしなかには親切にしてくれる人もいないことはなかった。ことしの春、少年の四月の誕生日の日に母親がきょうはあんたのお誕生日だからといって夕飯の材料を見立てていると、そのころ精肉部にいた青年がとびきり大きなビフテキの肉を二枚切ってくれて、もっていきなよ、と言ってくれたことがあった。あのときは母親が「主任さん」と呼んでいたもう一人の背のたかい青年もいた。若い主任は母親にいろいろと便宜をはかってくれたので、母親はいまでもときどき彼のことを言うのだった。しかし彼は成績がよくてじきによそのストアへまわされてしまったのだ。そして母親のほうは、彼がかばってくれた分だけ、つぎにきた中年の主任につらくあたられることになった。他の女性たちが新しい主任に告げ口をしたからだった。それでだれも面とむかって言いはしなかったけれども、みんなが少年の母親が早くやめればいいのにというそぶりを露骨に見せるのだった。

前の主任のことは少年もよくおぼえていた。母親が発作をおこして寝こんだとき、青年は何度かストアの車で見舞いに寄ってくれたし、一度などは外まわりの仕事のついでに少年を半日車にのせてくれたことがあった。やはりこの春の日曜日か祭日の午後で母親は店に出ていた。青年は市内のあちこちにあるチェーンストアをいくつも回るのに少年を連れていってくれたのだ。青年は行くさきざきで少年のことを、それはあんたの弟さんか、などと質問されるので、そのたびに弁解しなくてはならなかった。二人は北のほうのずいぶん田舎まで足をのばして十軒ちかくも店をまわり、途中でガソリンスタンドにも寄った。車を運転しながら青年はいろんなことを少年にたずねたり自分から話したりしたが、きみのお母さんは気の毒だ、と言うのだった。お母さんは大学だってちゃんと出ているんだから、もっといい仕事だってあるはずなのに。レジをやっているのはみんな中学しか出ていないような女の子ばかりで、それでも十分なのだ。青年は、自分も大学を出たんだけれど、他に勤め口がないもんだからあんなスーパーなんかでがまんしているのだ、とも言った。少年は青年がいつもきれいにひげを剃って陽気に店内を切りまわしているのを見ていたから、彼がほんとうはいやいや仕事をしているのだとは知らなかった。急に母親のしていることがみすぼらしく見えてきた。しかし、青年がその日最後に自分の買物をするので隣の町のデパートに寄ったのは、少年にはもうけものだった。デパートは新学期の大売出しで、たくさんの家族づれでごったがえしていた。青年は六階のスナックのカウンターで少年にスパゲッティをおごってくれたあと、屋上の遊園地へ行ってみようと言った。そこにはゴーカートやフラワーカップやメリーゴーラウンドがあり、パチンコのようなゲームの機械が何十台もあったが、どれも大人や子供で満員だった。青年は四年生になった少年をつかまえて、おもちゃの新幹線に乗りたいか、などときくのだった。だがそれよりも少年をひきつけたのは、遊園地の入口にある犬や猫や小鳥や熱帯魚を売る店だった。ここにはシャム猫の仔もブルドッグの仔犬もカナリアもおうむもいた。少年は藁をしいた小さな犬小屋のなかに、黒と白と茶の、耳の大きく垂れた、なめらかそうな毛皮をした小犬がねむっているのをみつけて、鉄格子のあいだからそっと手を入れて頭をなでてみた。犬は目をさましてあくびをすると、気のないようすで少年の指をかるく咬んだ。青年が、これはなんていう種類かね、と店番の婦人にたずねた。それはビーグルというのだった。いくら？　青年がつづけてきくと、相手は、四万いくらだけれど買うんなら負けてもいい、と言った。青年はとても買えないというように首をふってみせた。そこの店には、そういう珍しい犬のほかにも犬の首輪やブラシや爪切りや仔犬用の哺乳瓶まで、犬を飼うのに必要なものはなんでもそろっているのだった。

そのことがあったあとで、少年はあのスーパーの青年みたいな人が自分の父親になってくれてもいいわけだと思い、彼が友だちみんなの父親のようにいつもこの部屋のまんなかにすわっているところや、夜母親と三人でここに蒲団をならべて寝ているところや、彼が自分の運動会を見にきて写真をとってくれているところや、休みの日には自分とならんで釣り堀で糸をたれているところや、さまざまな場面をあれこれと想像してみた。青年が自分の父親だったとしても少しもおかしくはなさそうだった。しかし母親は少年の提案には笑いだして、だってあの人はお母さんより十《とお》も若いのよ、ついこないだ学校を出たばかりで、と言うのだった。お母さんはもうおばあさんよ。母親はこのごろは以前ほど結婚の話を少年にしなくなっていた。少年のほうでもなんとなくわかってきた。たぶん母親は結婚するにはもう年をとりすぎて適当な相手がみつからないのだ。よさそうな人がいても若すぎたり、とっくによその子供の父親だったりする。母親はだれかと大人どうしで話をするときには、でもこの子がいますからねえ、ときまってそう言うのだった。彼がいるから邪魔だと言っているのでも、彼を置いてどこかへ行こうとしているのでもないことはわかった。しかしせんには、彼のために早く父親をみつけなくてはいけないと言い暮していたくせに、いまでは彼がいるのでうまくいかないと言っているようにきこえた。どうしても父親というものはいなくっちゃいけないのか？　それならお母さん、いまにぼくが新聞配達をしてお父さんになってあげる。少年はときどきそんなことを言うようになっていた。

用務員の老人が鳥小屋のようすを見に立ち寄ったとき、少年はズックの手提げと給食袋を地面にほうりだして、まだ金網ごしに鳥を相手にしていた。それからまもなく四時のチャイムが鳴り、いつもの「ユーモレスク」のレコードがグラウンドいっぱいにやかましいほど鳴りわたり、それがおわるとこんどは日直の男の先生のくつろいだ声で『まだ校庭で遊んでいる生徒は早く家に帰りなさい』というアナウンスが二回くりかえされた。そのときもまだ少年は持ち物を朝礼台にのせたまま、その辺をふらふらしていた。なぜなら、家に帰ってもべつにおもしろいことはないのがあたりまえだったし、きょうという日が彼にとって特別な一日になることなど知るはずもなかったからだ。やがてよその学年の若い女の先生が通りかかり、早く帰らなきゃだめじゃないの、と叱るように声をかけて自分は足早に帰って行ったが、その一と言がその日少年にかけられた最後の言葉だった。

　五時ごろ、少年がさんざん寄りみちをしたあげく家にたどりつくと、いつも母親の留守にはしまっているはずのドアが鍵を使わなくてもすっとあいた。そして、母親が朝のパジャマのまま電気炬燵に足をつっこんで枕にうつぶせになっているのが見えた。急にまた具合が悪くなって仕事に行けなかったのだ。だが声をかけてもなんの反応もなかった。

　炬燵のテーブルの上に、いつも発作のときにのむカプセルとウィスキーの黒い壜と水が半分はいったコップがのっていた。少年は母親の肩に手をかけてゆすぶってみた。いやにかたくなっていた、口から少し血を出していた。朝からずっとここで死んでいたのだ！

　少年にはこんなことは信じられなかった。どこを見まわしてもいつも必ずある母親の置手紙がなかった。どんな場合にでも忘れたことがなかった息子宛の伝言がなかった。そしてなにも書き置きはない代りに、少年の枕が母親の枕のすぐとなりに並べてあった。少年は二つの枕のそばに長いことうずくまっていた。どのくらい時間がたったのかわからなかった。

　少年はだれもはいれないようにドアに鍵をかけて外へ出た。どんどん歩いてきて、すぐそこがスーパーマーケットのビルだった。正面のシャッターはおりていたから、マンションの入口から階段を歩いてのぼって、よく知っている屋上へ出た。

そこは暗かったが、ふりあおげば星空はかえってよく見えそうだった。目の下の商店街はまだ大部分店をあけていたし、人通りも多かった。海の上はまっくらだったが、耳をすませばかすかに潮の音もきこえてきそうだった。また反対側を見れば、真正面にいつか主任の青年と行った隣の町のデパート、屋上にフラワーカップのある遊園地やビーグルのいる犬屋があったあのデパートの赤い大きなネオンも目にはいるはずだった。しかしいまはそんなことをしている場合ではなかった。彼は大急ぎで金網にとりつくと、身がるにそれを乗りこえてそのままとびおりた。

屋上にはだれもいなかった。地上でもだれも少年のすることを見ている者はいなかった。見ていたとしても彼を叱ってその遊びをやめさせることはできなかったろう。

うすぐらい物置き場のコンクリートの上に横たわった少年は、手に鉛筆で書いた藁半紙のメモをしっかり握りしめていた。だれかがその掌をひらかせてメモをとりあげた――『このまま病院へ運ばずに、地図の家に運んで下さい。家には母も死んでいます。』

少年の家はすぐにみつかりそうだった。文章にそえられた地図は略図ながら、きちょうめんな書体で附近の目標がくわしく書きこまれていて、ここから少年の自宅までは『やく二百五十メートル』ということもわかった。

海の子

その夏、わたしは日課のように、毎日午後になると、小学校に行っている息子をつれて、すぐ近くの海へおよぎに出かけた。

この息子は以前から喘息もちで、性行にもいくぶん変ったところがあり、ほとんど友達もいなかった。それで、父親のわたしとしては、すこし鍛えてやらなくては、と考えていたところだった。

もっとも、心身の鍛練ということなら、わたしのような小説家も日頃から大いにそれを心がける必要があろう。

海へは、むろん水着ひとつで、ゴムぞうりでもはいて行くのが、この辺りのならわしである。

籐のバスケットに、二人共用の大きなバスタオル、わたしの「チェリー」とジッポの風防つきライター、子供の水中めがね（これはやがて本人が波にさらわれて失くしてしまった）、ゴムまりなどを入れて行く。

　バットはかわりばんこに手に持って行く。が、これは息子に持たせると、みちみち電信柱を叩いたり、よその家の植木の枝をなぎ払ったりするので、わたしが持つほうが無難なのだ。

　道のまんなかで立ちどまって、二人して連続何回か素振《すぶ》りをこころみることもある。

　それでも二、三分で砂浜に出てしまう。

　この湾はがいして水底の地形が不規則で、波も荒いから、市当局は遊泳者の管理にはかなりの神経をつかっているようであった。あらかじめ遊泳区域が定められ、その上、安心して遊泳してよい日は青い旗、警戒を要する日は黄色い旗、禁止の日は赤旗が、やぐらの上に出ている。

　しかし、子供はともかく、わたしは人ごみで泳ぐのはいやなので、旗の色は無視することにしていた。

　それは、つまり、あえて禁止区域でおよぐことであり、万一溺れても絶対に救助されないことを意味するのである。

　わたしには、やぐらの上の監視員のほうでも、なんとなく区域外の水面には目をやらない方針でいるように思えた。だいたい、区域内のことだけで手いっぱいなのだろうし、その限りにおいて彼は市当局から日当をもらっているのであろうから。

で、わたしは心臓麻痺や腓《こむら》がえりを起さぬよう、準備体操には念を入れた。息子にもそのまねごとをするように日頃から奨励していた。

水にはいる前に、顔を洗うこと、裸の胸のあたりを濡らすことなども教えた。するとと、息子は父親にならって、自分のやせた胸に海水をひっかける――ほんのちょっと、申しわけみたいに。教会で神父が聖水とかいうものを信者のあたまにふりかけるようなぐあいだ。子供はそれをただの呪《まじな》いぐらいに思っているようであった。

わたしは、息子のことはほったらかして、自分はさっさと沖へ行ってしまうことにしていた。

子供は、学校のプールでは「十三メートル」泳げると自慢していたが、この海では波がこわくて、手も足も出ないのである。

そこで、彼は手持ちぶさたから、水中めがねを着用して、浅瀬を這いまわることになる。しかし、わたしの経験からすると、そこらにはもともと微生物しかいないはずであった。

わたしは沖に出て、安心して浮き身などをたのしんだ。子供は自分の膝よりも深い所にはけっして踏みこもうとしないのがわかっていたから。

それでもわたしは、ときどき沖合から息子のほうを振りかえってみた。

いつ見ても同じだった。彼はあいかわらず岸辺で微生物をもとめて這いまわり、木ぎれのようにたよりなく波に押し流されたり、ひっくり返されたりしていた。

ところが、ある日、わたしは、息子がめずらしく、陸のほうへ向って、それまで見せたこともない、すばらしいクロールでさかんに泳いでいるのを見つけた。

どうやら彼の腰ほどもない浅い所のようではあるが、とにかくそんなことは初めてだった。

プールの講習会で正式にクロールの型を教わってきただけのことはあって、そいつはなかなか様《さま》になっていた。

わたしは、わが子ながら讃嘆したい気持で遠望していた。

息子は一としきり掻いてはやめ、一と息入れてはまた掻いていた。懸命の力泳ぶりに、わたしはしまいには笑い出していた。

そのうちに、わたしは、これはどうも少しおかしいと思いはじめ、やっと気がついた——子供はさっきから深みにはまって溺れているのであった。

そうとわかれば助けに駈けつけないわけには行かない。わたしは自分も必死におよいで背の立つところまでたどりつき、あとは大股で波をとびこえ、水を踏みわけて、つんのめるようにして現場に急行した。

なるほど、そのあたりはもう浅瀬なのに、息子のはまりこんだ一角だけが、穴でも掘ったように、ばかに深くなっていた。

「どうした？　どうした？」

わたしは近づきながら声をかけたが、もちろん相手は返事などしているひまはなかった。

そのとき、大きな波のくずれたのがやってきて、子供のからだをふんわりと持ち上げた。

息子は四つんばいになって水から這い出すなり、波打際に腰が抜けたみたいにへたばりこんだ。

「おお、こわかった！　こわかったよう！」

息子はあえぎあえぎ、うったえてやまなかった。じっさい真っ青な顔をしていた。水中めがねがどこかへ行ってしまったことも忘れていた。

「こんなおっそろしい目に会ったら、また夜こわい夢を見てしまうじゃないか」

そんなよけいな心配までしていた。

これはまずかったな、とわたしは思わないでもなかった。海はこわくないことを教えてやるつもりだったのが、かえって逆効果にならなければいいが。

本人が言うように、それでなくてもこの息子はふだんヘンな夢ばかり見るらしいのだ。

ナイフを持った泥棒に追いかけられ、友達はみんな木に登って逃げるが、自分はつかまってしまう。で、泥棒からナイフをもぎとって、相手のお腹《なか》をぶすっと刺して、殺して、死体を川に沈めた、というようなもの。

また、祖母が生まれて間もない仔猫――その大きさ、形状からしてわたしたちは「ねずみちゃん」と呼んでいたのであるが――を食べてしまったというもの。学校から帰って、仔猫が見あたらないので、「おばあちゃん、ねずみちゃんは？」ときくと、祖母が黙って人差し指で口のあたりをさした、という。

そんなふうな夢に毎晩なやまされているらしかった。

わたしは息子をつれて近くの砂山にのぼり、いちばんごみの少なそうな、砂のきれいな場所をえらんで横になることもあった。そして、首だけ出して全身熱い砂に埋まって見せる。砂をかけるのを手伝わせながら、こうすると気持がいいのだと教えてやる。

すると、子供も、おなじようにわたしの横に並んで埋まりたがった。で、わたしは面倒くさいが、起きなおり、彼をすっかり埋めてやってから、また自分も埋まりなおすのである。

そうして、目をつむって、波の音や、とおくの海水浴場のどよめきや、ヘリコプターの爆音などを聞くともなくきいている。ときどき不意に目をあけてみる。すると、いきなりとびこんでくるのはまっさおな空の色だけだから、まるで寝たまま中空にうかんでいるような気がする。

そんな遊びをやってみる。

わたしは、このごろでは、水につかるよりも、こんなことをしているほうが楽でもあり、たのしくもあった。

熱い砂に首まで埋まっていると、しまいにはなんだかうつらうつらしてくる。子供がしきりに何か話しかけてくるが、返事をするのもおっくうである。

「海の上にも雨はふるの?」

ある日、やはり二人で砂に埋まっていると、息子がごくあたりまえの調子でわたしにたずねた。

わたしはゆっくり目をあけた。

息子はその質問を思いつく前に、自分だけ起き上がってしばらく海をながめていたらしい。

わたしはやっと質問の意味を理解した。してみると、いまのいままで、息子は、雨は陸にだけ降るものだと思っていたのだ。

「どうしてさ?」

わたしは笑いながらたずねかえした。近頃の子供は物を知らなくて困る、というのは本当かもしれないという気がした。

「だって、そんな写真も絵も見たことがないもの」

息子はまだ納得が行かないような顔つきだった。

なるほど、そういわれればそうだ、とわたしはぼんやり記憶をたずねてみる。海の上に雨がふっているところをわざわざ写真にとったものや絵に描いたものなど、急には思いつかなかった。

でも、詩ならある、と思った。わたしが持っているスティヴンソンの『子供の詩の庭』という、きれいな鉛筆画の挿絵が入った、小さな英語の詩集のはじめのほうにのっている。

雨がふってる　あちこちに
　野にふり　木にふり
ここでは　傘にふり
　海では　船にふる

と、まあそんなふうに訳せる、その短い詩の行と、たしか子供がおおぜい傘をさして並んでいるところに斜めに雨がふっているような挿絵のことを思い出しながら、わたしはまたうつらうつらした。

なにしろ、雨のふらない夏で、もう何週間も雨粒らしいものにお目にかかっていなかった。

中学一年の夏休みに、わたしは久しぶりに金沢八景の伯父の家へ遊びに行った。戦争がおわってから最初の訪問だったと思う。

従兄の一人がわたしの父の本箱から借り出して行った誠文堂新光社の『世界地理風俗大系』のアメリカ合衆国篇というのを返してもらう用事もあった。社会科の宿題で入用になったのだ。もっとも、戦争前のそんな古い本がいまごろ役に立つかどうかはわからなかったが。

それと、しばらく前から、四番目の従兄が、わたしが来たらアメリカのＬＰレコードを聞かせたい、と言っていたからである。ＬＰというものが、その用語すらもがたいそう耳あたらしく、神秘的だった。

伯父の家では、四人の息子たちのうち、潜水艦で戦死した三番目の従兄をのぞいて、三人が無事に復員してきていた。

大人がおおぜいいて、にぎやかな伯父の家をたずねるのは、子供の時分からわたしの楽しみの一つだった。湘南から金沢八景へといえば、狭い半島をこちら側から向う側へ抜けるだけのことなのに、それがちょっとした小旅行のように思えるのであった。

横須賀線の逗子から乗り換えて行く京浜急行の電車が、広軌のレールの上を、すばらしい速さで吸いついたように走るのがよかった。

車窓からは、人気のない雑木林や、青みどろの浮いた、あやしげな池などが見えた。そんな平凡な景色も、わたしの目にはなんだか深い意味を秘めているようにうつった。

それから――これはわたしの家が平屋だったせいであるが――伯父の家が二階家で、急な階段があるのが面白く、それもわたしの胸をときめかせる理由の一つになっていた。

ところが、わたしはめずらしさのあまり、無用の登り降りをたのしみすぎて、ある時、その最上段に近いところからまっさかさまに転がり落ちてしまった。わたしは、おでこに出来た大きなこぶを鏡で見せられて、階段というものは恐ろしいものだ、とつくづく思った。

もちろん、それは戦争前の、わたしがほんの子供だった頃のことである。

町そのものは、あいかわらず車の往来がはげしい、埃っぽく、ごみごみした場末の感じだった。町中を貫通する国道は、こないだまで東京川崎から横須賀軍港や久里浜の基地に通じる軍用道路でもあったのだ。そこをいまは進駐軍の大型トラックがフルスピードでひっきりなしに走っていた。

近くの山あいには、誰も見たことはないらしかったが、旧日本軍の火薬庫があるという話で、ときどきそれを処理する大きな爆発音がした。

駅を出て、その国道をわたる時、わたしはいつも伯母の話を思い出して、用心したものである。

戦争前のある年、真夏の暑い暑い日に、一人の小学生がこの路上で軍用トラックにひかれて死んだことがあった。

男の子はすぐ近くの何とかいうお寺の本堂に運ばれて寝かされた。しばらくはまだ息があった。が、もう脳味噌が出てしまっていた。

最初にその話を聞かされた時のショックは大きかった。わたしはまだ学校にも上がっていなかったから、人はそんなに幼くても死ぬことがあるのだということがとても信じきれない気がしたのだ。わたしは、毒でも飲まされたような、つらい、いやな気分にとりつかれ、その状態が何日か去らなかった。

しかし、いまではわたしももう中学生だ。むしろ、そんなとおい昔のことがいまだに頭にこびりついていることのほうがおかしいみたいだった。

伯父の家も、久しぶりに行ってみると、中の様子がだいぶ変っているようであった。

海軍兵学校から帰ってきた四番目の従兄は、死んだ兄の勉強部屋だった二階の八畳の間を占領して、床の間に自分で組み立てたプレーヤーや、アンプや、スピーカーの一式を据えつけていた。

わたしは昼まえに着いたが、かんじんの本人は留守だった。従兄はわたしにいい音で聞かせるために、朝早くから逗子の町へ替え針をさがしに行っているということだった。

まもなく従兄が帰ってきて、汗をぬぐうひまもなく針の交換にとりかかった。

彼は実に長いことかかって新しい針を着けおわると、夏の暑いのに二階の縁側のガラス戸と部屋の入り口の襖を締め切ってしまった。そうしないと、気が散る上に近所迷惑なのでもあるらしかった。

それから、スピーカーの正面に、わたしの聴取すべき位置を注意ぶかく指定した。その箱はなんともとりとめのない恰好の、大げさな箱であった。（まだステレオではなかった。）

わたしはLPのことなど何も知らないので、ただ言われた通りに、座蒲団の上にかしこまっていた。

レコードを袋から取り出してターンテーブルにのせるまでが、また厄介だった。従兄は噴霧器のようなものでレコードに白い気体を吹っかけると、ビロードのブラシで何回も何回も表面をなでまわした。そうやってなめるように、きれいにするのである。

「この、埃をとるっていうのがたいへんなんですね」

従兄は器用な手つきで円盤をひっくり返しながら、半ば照れかくしのように、半ばもったいぶって、中学生のわたしに説いて聞かせた。

「LPっていうものは、心をしずめて、あくまでも慎重に扱わなくてはいけないんです。ちょっとでも爪で傷をつけたりしたら、おしまいなんです。まあ、お茶の稽古でもするようなもんで、精神修養にもなるんですね」

この従兄は、わたしの身近にいる他の兵学校帰りの連中と違って、顔つきも物言いもひどくおだやかで、いつでも誰にでもこんなふうににこやかに接するのであった。それなのに、どうしてまた軍人になんかなろうとしたのだろうという気がわたしはしないでもなかった。

ずいぶん待たされたあげく、やっと音楽がながれ出した——しずかに、肺の奥から大きく呼吸するように、底力にみちて。

それは、風のように、突然やってきた。モーツァルトの四十番の交響曲であった。わたしが戦後に、というより、生まれてこのかた、そんなふうに耳をすまして聞く初めてのクラシックの曲であった。（わたしは、そのことだけでもこの従兄には感謝しきれない気持を抱いている。）

指揮をしているのがブルーノ・ワルターという人であることも、わたしは教えられた。

「これ、どうぞ」

従兄はレコードのジャケットをわたしによこした。そこに印刷されている解説をよく読んで、正しく鑑賞するようにとすすめているみたいでもあった。が、もちろん、書いてある英語は、わたしにはむずかしすぎたようだ。

彼自身は、すこし離れたところで、腕組みをして、口を真一文字にむすんで聞いていた。そうして二人で聞いていると、途中で、高校生の従姉がすーっと襖をあけて、おやつのお盆をささげて入ってきた。

「あ、モーツァルト」

彼女は誰にともなくかすかにつぶやいて、自分もスカートの膝をくずしてそこに坐りこんだ。

この従姉は、うなだれているマリアの絵で見るみたいに、いつも悲しそうな顔をしていた。泣きぼくろのせいかもしれなかった。じじつ、彼女は五人きょうだいの末っ子だもので、あまえんぼうで、よく泣くのであった。泣かないまでも、じき泣き声になるのであった。

彼女は、昔はよくわたしの家へもやってきて遊び相手になってくれたものだが、このごろは自分のことで忙しそうだった。学校では卓球部に入っているらしかった。

しばらくすると、従姉は足音がしないようにそっと立って、出て行ってしまった。モーツァルトを聞いているうちに、わたしは身体じゅうがすっかり熱くなり、汗びっしょりになっていた。なにしろ、この暑いのに扇風機も回さずに部屋を締め切っているからで、その上、アンプからは真空管の熱気も出るらしかった。

それでも泰然とあぐらをかき、腕ぐみをして、微動だもしない従兄の手前、じっとがまんしていた。彼がさっき言った「精神修養」という言葉も頭にあった。

モーツァルトの全部の楽章がおわったところで、従兄はやっとガラス戸をあけはなって、一と息入れさせてくれた。

磯くさい風が部屋いっぱいにあふれて、ここちよかった。

東南に向いたその二階からは、近所の家の屋根ごしに、横浜の海が見えた。六浦町という地名とは似てもつかない、名ばかりの海で、泥沼のような黒ずんだ水たまりだった。

やや沖合では、海苔でも採っているらしく、無数の棒が水中に立っていて、そのあいだを小舟が行ったり来たりしていた。

それに、その一帯では目下また新しく埋立てが進行中で、海と呼ばれる水面はますます遠ざかって行くみたいだった。

「そろそろつぎのをかけますか」

従兄は五分もすると、また部屋を締め切り、わたしに別のジャケットをわたした。

今度のは、ショスタコヴィッチの五番という、もっと長い交響曲だった。

「指揮、ディミトリー・ミトロプーロス」

何人《なにじん》だかわからない、そんなふしぎな名前を、従兄はいやにすらすらと口走った。彼は本や雑誌でいろいろと知識を仕入れているようであった。

最初の楽章の途中で、従兄は、ここのところを、いまラジオで毎週やっている何とかいう放送劇で主題曲に使っている、などとも言った。

おなじ苦行でも、わたしはモーツァルトのほうががまんできたが、従兄はぜひともこいつをわたしの耳に叩きこむつもりでいたようだ。

彼は、曲のおしまいで、太鼓が続けざまにいくつも打ち鳴らされる個所にくると、わざとボリュームをあげて、廊下のガラス戸がびりびりと震えるほどにしてみせた。

そうして、おもむろにつけくわえた。

「革命の勝利の音だそうです」

ショスタコヴィッチが終って、ガラス戸をあけると、縁側の手すりのむこうに、また黒い海が見えた。

レコードの、部屋をゆるがす、すさまじい太鼓の連打は、階下にも一種の騒音となってつたわっているはずであった。

伯父の家は、急な階段をおりきったすぐのところが茶の間だった。そして、茶の間のつきあたりの柱に、古ぼけた振子時計がかかっていて、その真下に、いつも、口ひげを生やした伯父が坐っていた。夏のいま時分は、ステテコにちぢみのシャツ一枚になって、冬ならばしゅんしゅんと鳴る銅壺のついた火鉢に猫背でかがみこむようにして。

伯父のうしろの壁には、日めくりの暦や、電車やバスの時刻表などが貼ってあった。

伯父は早くに——大尉の時に——病気で海軍をやめていた。この家の男たちの中で、伯父だけが戦争に行かなかったのだ。第一、年をとりすぎてもいたし、不自由な身体でもあった。

伯父がいまでもひっきりなしに首を小きざみに振るのは、その後遺症なのであった。

伯父のそばに行くと、伯父だけのにおいがしたものだ。

そのにおいは、当然わたしの父のにおいに似ていながらやはりどこか違うといった、おもしろい匂いだった。

伯父は、話上手で、ひょうきんで、甥のわたしには小言ひとついわなかった。わたしは、このやさしい伯父が自分の父だったらいいのに、と思うこともあったくらいである。そして、いっそのこと、この家の従兄姉たち全部がわたしの兄や姉であったら、と空想してみたりした。

　もっとも、いちばん上の従兄は学者のようで、少々とっつきにくかった。彼は戦争中は海軍航空廠で飛行機の研究をしていて、いくつかの発明をおこなった。ある時、テスト機が墜落して大怪我をしたが、命は助かった。彼は家にいてもたいてい自分の部屋で図面をにらんでいて、わたしみたいな子供とは遊ばなかったのである。

　二番目の従兄といる時が、わたしはいちばん退屈しなかった。彼だけがふつうの会社員だったが、やがて海軍にとられ、主計士官になって南方へ行ってしまった。いつもわたしの相手を買って出て、ほうぼうへ連れて行ってくれた、よく気のつくこの従兄がいなくなってからは、わたしは伯父の家へ行っても前ほど楽しくなかった。

　四人の従兄の中で、最も秀才だったという三番目の従兄だけがわたしにはほとんど記憶がなかった。おそらく実際に会ったのは一度か二度で、あとはたまに伯父の家の座敷の額や、家にあるアルバムの写真で見かけるだけだった。それに、この従兄はわたしが幼稚園に上がった年にはもう江田島へ行ってしまっていたのだ。

　そのうちに戦争になり、彼は那智という巡洋艦に乗り組んだ。そして、その後、イ11という潜水艦に移り、そのまま南太平洋で行方不明になった。秘密作戦に従事していたということだったが、本当のところはどこで死んだのかもはっきりしなかった。

伯母は、その知らせが来る少し前に、息子が帰ってきた夢を見た、と言っていた。少尉の従兄が、夢のなかでは軍服姿でなく、旧制中学の白線の入った帽子をかぶり、黒い大きなマントをはおっていたという。

その恰好で、何の前ぶれもなしに、ひょっこり玄関の戸をあけて入ってきた。伯母がおどろいて、「まあ、お前、どうしたの?」と言うと、従兄はなんだか照れくさそうに笑って、「ちょっと怪我をしたんだけど、大したことはないんだ、母さん」と答えた。

伯母はとにかく大よろこびで息子を迎え入れ、「で、休暇は何日いただけたの?」ときくと、従兄は「母さん、安心していいよ、ぼくはもうずっと休暇なんだから」と言って、ろくに母親の顔を見もしないで、さっと黒いマントをひるがえして、二階の自分の勉強部屋のほうへと急な階段を駈け上がって行ってしまった。

従兄はやがて白い箱になって金沢八景のこの家へ帰ってきた。もちろん箱の中はからっぽだった。ただの紙きれ一枚も入っていなかった。

そんなわけで、命日もその日にしてあるという。この従兄はいまでも正確な命日はわからなかった。公報の日付が三月二十日だから、命日もその日にしてあるというわけであった。

三月二十日という、その日がちょうど、従兄の潜水艦に積まれた食糧の切れる日であったという理由で、そうなっているのだ。

　彼は死んでから中尉に昇進した。

　その夏は、いつもの夏にも似ず、ひどくゆっくりと過ぎて行った。

　わたしは息子と、八月の二十日すぎまで海水浴をつづけたが、とうとう水母《くらげ》の死骸すら目にしなかった。

　一度、子供に水母というものをよく見せてやろうと思っていたのである。

　息子は水母を『水べのいきもの』図鑑でしか見たことはないはずだった。それなのに、夏休みの宿題の日記には、まるで見てきたようなことを書いていた。おまけに、ひどい文章だ。

　　海には、くらげが、ういてます。くらげは、うでのところに毒をもって、そのために、海は、八月の終りになるとあまりいきたくありません。

　最後の日、わたしは波打際で、中華人民共和国製の落下傘花火を打ち上げてやった。

　筒の底からのぞいたこよりにライターで火をつけると、シュポッという音がして中身が発射される。やがて、予想もしなかった高みから、ピンクの小さなパラシュートが三段につらなって、ゆらゆらと舞いおりてきた。

風のつよい日で、それはどんどん陸のほうへ流された。

息子はそのあとを追って、砂山を駈けのぼって行った。が、砂で足のうらが熱いもので、だんだん走り方がのろくなり、しまいにはまるで焼けた鉄板の上でも歩いているみたいだった。

まだまだ暑い日がつづき、暑い夜がつづきそうだった。日がしずむと、ひとしきり涼しい風が吹きわたったが、わたしの頭はやはり昼間のつづきでうつらうつらしていた。

夜がふけると、妻は近所から見られないのをさいわい、寝間着のまま真っ暗な庭の草むらに出て、そこにある手製の木のベンチに横になり、空を眺めながらいつまでも涼んでいた。

「お月さんをじっと見てると、なんとなくかぐや姫っていうのは本当にいたみたいな気がしてくるわ」

そんな少女じみた感想を、机に向っているわたしのところまでわざわざのべに来たりするのであった。

そうした夏の終りのある晩、わたしは何か読むものをさがしていて、ふと目につくままに、『自選歌集　花』という真紅の表紙の一冊を本棚のすみから引き出した。

その本は、何年か前、最後の海軍兵学校生徒だったという乗松恒明という未知の人が送ってくれたものであった。それを久しぶりに、真夜中の電灯の下で、海の風にあたりながら読み返す気になった。

巻頭の一九四八年十一月から四九年十一月までの七十一首を収めた「しらつゆ」という歌日記には、とりわけわたしの好きな歌がいくつもあった。

なすべかりしことも果さず思ひのみふかくこもれる日は過ぎにけり
風にゆられ枝もろともに櫻花かさなりあふや千千にはなるる
したがひて世に榮えなばわれらみな椿のごとく廷《には》に落ちぬべし
六つの子と母はしづかなる晝さがりかはるがはるにかくれてあそぶ
盛りあがりにほふいちごにわれらみなおとぎの國に難《なん》を忘れき
つゆどきは寒くあらむと父は箱に電《た》とりつけてひよこあたたむ
石壁の割れ目に白き花ひらき野草《のくさ》はにほふ街なかの川
よその家はすでにトマトの花垂れをり實むすべるもあり夕日をうけて
骨こづく袋じやがいもたらちねの背にいたいたし夏坂くだる
走りきてわれに氣づきてしまらくはうろたへがほを振りし君はや
ひよつとこは笛に手を打ち足を引き鼓にをどる首たよたよと

まひるまに汝《な》がまなびやのかたはらを通りすぎゆく膝ふるへをり

「あれ松蟲が鳴いている」メロディーになみだ浮びきにけり

何を読んでも、わたしは小説のようなつもりで読んでいることに気づく。そして、こうした歌を読んでいると、敗戦で親もとに帰された最後の海軍兵学校生徒のあてどのない日々が、あたかも短篇小説のいくつかの場面のように思えてくるのである。

わたしは指を折ってかぞえてみた。この歌の作者は、中学生のわたしにレコードを聞かせてくれたあの従兄より二つぐらい年下のはずだった。そのころまだ十八か十九だったにちがいない。

「われらみな椿のごとく廷に落ちぬべし」東条英機大将ら東京裁判の七人の被告が処刑されたのもその頃であった。

急な階段のあった金沢八景の伯父の家は、いまはない。伯父も、生き残った三人の従兄たちの二人も、いまはない。

あの階段をのぼることはもう二度とないのだ。

家族の一員

むさし野に秋が来ると
雑木林は恋人の幽霊の音がする

西脇順三郎

その秋は、彼にはまたとない秋になりそうだった。なにをしても楽しく、じっとしていても楽しかった。万事がうまく行きそうだった。

彼は女子大生の彼女と、自分の大学の芝居のサークルで知り合った。そして、たちまち愛し合う仲になってしまった。

彼女のどこがどんなふうに好きなのか、深くは考えなかった。そんなことよりも、彼の年齢では是が非でも誰か女の子を好きにならなくてはいけなかった。

たしかに、彼女といるのはいやではなかった。どころか、彼にはそれが必要だった。彼は文学青年で、ふさぎこむことが多かったが、彼女はたいてい小犬のように陽気だった。彼女といると、彼は前ほど自分を内気と感じなかった。不思議なほど気持が落ち着いて、自分がもうこないだまでの自分ではないような気がした。

そのうちに、寝ても覚めても彼女がそばにいる場面を頭にえがくようになった。髪をポニーテールにした彼女の横顔や、よく折れ曲るしなやかな身体つきや、丸い字を書くふっくらとした小さな手などがしょっちゅう目に浮かんだ。彼女より器量のいい娘はいくらでもいたが、もう他の女の子のことは考えられなかった。これが愛するということの始まりなので、これこそ彼女を好きになった証拠だと思った。

彼女は、誰の目にも、躾のちゃんとした家庭の娘とうつった。稽古の時間が延びて帰りが遅くなるときは、いつでもかならず公衆電話で家に知らせた。

女子大との合同公演がまぢかいある晩、わざと仲間からはぐれて初めて二人きりになり、お茶の水の喫茶店で話をしたときも、彼女は彼の前でそうした。そうしないと、両親よりも兄がやかましいからということだった。

その夜、彼は電車で新宿まで送るつもりだったが、話し足りない気がして、とうとう彼女が降りる郊外の駅まで乗って行ってしまった。

駅からは商店街を抜けて、彼女の家の近くまでずっと一本みちだった。途中で店舗がとぎれて、急に暗くなった。いつもならちょうどこのあたりで迎えに来た家の人と出会うのだと彼女は説明した。歩きながら、彼女はつぎつぎと家族の話をした。

彼女の兄は大学の経済で、演劇をやるような連中のことをよく言わないが、そんなことは気にしていないとか、すぐ下の妹は勉強ぎらいで、さっさと勤めに出てしまい、もう相手を見つけて自立しようとしているとか、中学一年の妹は背が自分を追い越そうとしていて、いま声変りの時期でハスキーボイスだとか話した。

家族の話は彼には退屈だったが、若い娘というのはみんなそういうことをしゃべりたがるものだと思っていた。それに、話題はこのさいどんなことでもよかった。

このあたりは都心よりいくらか気温が低いようだった。道ばたの下水からさかんに湯けむりが立ち、霧のように這って舗道を濡らしていた。そこの銭湯が目じるしだった。

その先を曲って、しばらく行くと、彼女がここだと言って、門柱のベルを押した。生垣で囲われた、ごくありふれた構えの家だった。庭は暗かった。中の様子はよくわからなかった。

彼女が、ちょっと上がって行くといいと言ったが、彼はすぐ引き返したかった。二人が押問答をしていると、玄関からパジャマ姿の中学生の妹が出てきて、いったい何時《なんじ》だと思っているというふうな大人の口真似をした。顔は見えなかったが、少年みたいな、おかしなかすれ声だった。

妹は彼に気がついて、さっと門柱のかげにかくれた。それから、そこにかくれたまま、立ち去る彼に同じ声でおやすみを言った。

帰りみち、彼は何度も空を見上げながら、できるだけゆっくり歩いた。真夜中に近く、星が降るようだった。

別の夜、その門の前で、彼は彼女に最初のキスをした。彼は彼女の額にあいまいに口をつけただけだったが、彼女は、ここにしてと言って唇に指をあてた。しおわってからも、彼女は目をつむっていた。ふらふらすると言って、彼の胸に頭をもたせかけてきた。そのときいっしょに彼女の髪の匂いもかいだ。彼女の髪は夜気ですっかりつめたかった。

そういうキスは彼にも初めての経験だった。なにか夢の中でしているような感じだった。自分がしているのではないような感じだった。

彼はその後もしょっちゅう彼女の町へ出かけたが、彼女の家にはあまり行きたくなかった。たずねても、せいぜい玄関口までだった。二人で過ごすには、街なかや公園や乗物の中でのほうが気楽だった。深大寺や国際基督教大学のほうへもバスでよく行った。

彼は、彼女が持ってきたカメラで、彼女の写真をどっさり撮った。そのカメラは彼女の兄のもので、兄は妹がしじゅうそれを持ち出すのを快く思っていないようだった。秋の澄んだ空気のせいで、写真はどれもよく撮れた。

彼は彼女を森の中の大きな木のうろの前に立たせたり、朽ちて倒れた幹に腰かけさせたり、かや原や畑のほとりにしゃがませたりした。彼女も自分からセーターを脱いだり、ブラウスの袖をまくったりした。彼の前では、彼女は安心して、大胆なポーズをとった。ときには、背景のほうが立派にとれて、彼女は添えものみたいになったが、そういう写真も彼女をよろこばせた。彼女は景色が好きだった。絵ではコローやミレーが特に好きだった。だが、コローやミレーに出てくるような場所はなかなか見つからなかった。

そうやって半日でも一日でも、あてもなく野や林を歩き、小川をとびこえて、歩きつかれると適当な草地をみつけて寝ころんだ。そして、大空の雲を眺めながらおしゃべりをしては、合間にキスをした。

彼女の話はじきにまた家族の話になった。兄はもう父の縁故である大きな会社に就職が決まっているとか、あなたももし将来なにか困ることがあったら父に相談するといい、父はあなたのためにならなんでもしてくれるだろうからとか話した。彼女は、自分に似て実際的で気が強く、兄を溺愛している母よりも、口数が少なくて物分りのいい父のほうをずっと好いているようだった。

時間がたつのを忘れて、すっかり夜になってしまうこともたびたびだった。行き暮れた二人は、手をつないだまま、真っ暗な武蔵野の雑木林の中を方角もわからずさまよった。遠くの人家の明りをたよりに、道を探してまたどこまでも歩いた。

落葉を踏む自分たちの足音と、おどろいた夜鳥の羽ばたきのほか、物音ひとつしなかった。おたがいの心臓の鼓動まで聞えるようだった。ときどき、闇の底で、ひしと抱き合って、唇をもとめ合った。いつでも、どこでも、何度でも、そうしないではいられなかった。

彼のほうはもう純潔ではなかったが、こんなふうになって行くことをおそれていた。どこかで、心からおそれていた。彼のちょっとした愛撫で彼女がまるで理性を失ってしまうのを見るのが、恐ろしかった。出口のないこの夜の闇よりも、そのほうがずっと恐ろしかった。

そんなふうに、一日も会わないではいられないくせに、しょっちゅう些細なことが原因でいさかいをした。すると、彼女はところ構わず泣き出したり、気分が悪くなったりした。ふだんでも、彼女は身体の加減で突然目が見えなくなって、歩けなくなることがあった。

口論のあとでは、彼女は家にいても電話に出ないか、どこかへ飛び出して行って居場所がわからなかった。

そんなときは、代りに彼女の母が電話口で上品にとりなすようなことを言った。ゆうべは娘はあなたに叱られたそうで、ひどくしょんぼりして帰ってきて御飯もたべずに寝てしまったとか、娘はあんなふうに見えてもなかなか激情家だからとか、でもたまには喧嘩もいいものだとか言った。

彼はだんだんこの母がうとましくなった。彼女を自分のものにすることを、この母がさまたげているのだという気がした。

ある日、仲直りのあとで、彼は久しぶりに彼女の家によばれた。こんなチャンスはめったにないことだからと彼女は言った。その一両日、彼女の兄はボート部の合宿で、すぐ下の妹は会社のレクリエーションで留守だった。

二人の居場所は、ふだん彼女の兄が使っている洋間だった。そこがみんなのいる茶の間からもいちばん遠かった。

彼女は、彼を兄の部屋に案内して、ドアをうしろ手に閉めると、すぐに抱きすくめられる姿勢になった。その瞬間を待ちかねていたのは彼も同じだった。

夜までにはまだたっぷり時間があった。だが、外は曇り空だったので、その午後はずっと室内で過ごすことにした。ときどき、彼女が台所へ差入れの盆をとりに行った。彼女の母は気をきかして近よらなかった。

彼が彼女の兄の本棚をのぞくと、彼女がなにかあなたにいいような本があるかと訊いた。ケインズ、マルクス、貨幣価値、為替、危機、といったような背文字がいくつも並んでいた。

彼女は壁ぎわのピアノに向かった。妹と共用に買ってもらった新しいピアノで、二人とも近所の芸大出の先生についていた。

彼女は、いずれこのピアノは妹のものになるのだからと言いさして、ちょうどいま習っているシューベルトの即興曲をあちこちつっかえながら弾いて聞かせた。彼女はアンプロンプチュというフランス語を、舌が回らなくてアンプロンプとかアンプロとか言った。

夕方、その妹が学校から帰ってきて、ちょっと顔を出したが、自分はじゃまだろうからとませた口をきいて、出て行った。

そのあとで、彼が彼女とソファーの上で頭をくっつけていると、出窓のむこうに、妹の長い脚が腿のへんまで見えた。妹は庭のいちじくの木に登っていた。そして、ガラスごしにこちらを見下ろして笑っていた。

姉は、失礼な子だと言って立って行き、窓をあけて、いちじくを取ったら少しよこしなさいと言った。それから、彼には、あの妹は自分と年がひらきすぎていてかわいそうなのだと言った。

夕食も、その部屋で、二人だけでした。十時を過ぎて、彼が帰ろうとすると、はげしい雷雨になった。しばらく待ったが、やみそうもなかった。家の周囲に水勢の高まる気配が立ちこめた。カーテンの隙間を、空にいくすじも光るものがかすめた。

彼女はカーテンを閉め直して、彼に泊って行ったらどうかと言った。このソファーを倒せばベッドになるし、兄はいつもここで寝るのだからちっとも構わないと言った。もちろん彼はそんなことはいやだった。

彼女は彼がとめるのを聞かずに、両親に訊きに行った。彼女の母が出てきて、うちは息子が年じゅうマージャンの仲間をつれてきて泊めるのは慣れているし、主人もどうぞと言っているからと言った。

彼女の小さい妹も出てきた。妹はどうしても泊って行かなくてはいけないと甘えて、固くしまった少年のような手足を彼にからませてきた。彼がその身体を羽がいじめのようにすると、妹はそれをふりほどいて、今度は彼の腹にしっかり抱きついた。

真夜中に雨はやっと小降りになった。だが、もう間に合わなかった。彼は電気を消して、彼女の兄のベッドに横になっていた。

彼女は、家族がやすんだあと、風呂に入りに行っていた。彼はそんなことは考えないで眠ってしまうべきだった。だが、とても眠れそうもなかった。彼女が寝る前にもう一度、彼のところへ来ることもちゃんとわかっていた。

彼が思ったとおりだった。彼女は廊下をしのび足でやってきて、自分の部屋の前を通り越した。そして、彼がいる部屋のドアを細くあけた。

それでも彼は眠っているふりをすることはできた。だが、彼はそうしなかった。少しも眠りたくなかった。何時《なんじ》まででも、彼女とさっきのつづきをしていたかった。

彼が声をかけると、彼女はそっと部屋にすべりこんで、用心ぶかくドアをしめた。それから、暗がりを近づいてきて、無言で彼の胸に頭を押しつけた。湯上がりで、彼女の髪はまだ濡れていた。

あくる朝、彼が起きたときには、彼女の父はもう出かけたあとで、妹も学校へ行っていた。二人はがらんとした食堂のテーブルにさしむかいでいた。横には彼女の母がいて、しきりに食事の世話をやいた。

彼は食欲がなく、気づまりで、うまくしゃべれなかった。なにかのひょうしに、彼女の母が娘にむかって、ゆうべあなたは自分の部屋の襖をあけっぱなしにして寝ていた、お行儀が悪いと言った。彼女はちょっと顔を赤らめたが、笑ってごまかした。彼は目を伏せたくなった。

食事のあと、彼女が自転車でその辺を散歩しようと言い、あなたは兄の自転車で行けばいいと言った。

その朝、彼女はひどく腫れぼったい、おかしな目をしていた。並んで自転車を走らせながら、彼がそのことを注意すると、彼女はそれには答えないでいきなりスピードを上げた。薄暗い欅並木を長いトンネルのようにくぐり抜けると、明るい畑中の道に出た。ゆうべの雨であちこちに水たまりができていたが、空はきれいに晴れ上がり、緑があざやかで、気持のよい風が吹きわたった。

野原の一角にどこかの大学の用地があり、金網に囲まれた黒土のグラウンドで、ラグビー部が練習をしていた。顔も髪の毛も泥まみれになった連中が、はげしくぶつかり合い、猛烈に息を切らしてゴールに殺到していた。

彼女は走りながら、ときどき彼のほうを振り返った。彼はもうかなり引き離されていた。彼女の可愛いポニーテールが右に左におどり、彼女の軽やかな腰がサドルの上で勝ちほこって、彼女が全身で嬉々として笑っているように見えた。

彼はそれを目で追いながら、あきらめてスピードを落とした。じっさい、彼はつまらない負けかたをしたのだ。それがまた彼には似合いだった。

彼は自分のしたことがいやだった。彼女の兄の不在が、彼女の母のとりなしが、彼女の父の理解が、いやだった。彼女のピアノも、ゆうべの雨も、いま乗っているこの自転車も、いやだった。

愛するということは、むずかしいことだった。きのうからのことが、すべて不幸の始まりのように思えた。そして、彼にはすっかり目に見えるようだった。彼が軽蔑してきた、世間にいやというほどいる男たちと同じ、これからの自分の人生が目に見えるようだった。

三月の風

March winds and April showers bring May flowers.

事が起こるきざしは、すでに家の中にいくつもあった。第一に、父親の心の中にあった。息子のほうにもあったろう。冬の終りごろ、二月とか三月とかいう月は、とかく人間の心が固くむすぼれて面白くないことになりがちだ。

もうすぐ春だというのに、息子の場合はひとつも好いことがなかった。つぎつぎといくつもの大学を受けてきたが、案のじょうどこも駄目だった。藁をも摑む気持で最後の一つに期待をつないだが、それも空振りに終った。馬鹿者め。やっぱりこのざまだ。父親のほうではさっさと結論をつけていた。恰好《かっこ》のいいことばかり考えてるからだ。自分の実力と相談もなしに、見えを張って東京の一流だの有名だのと名のつくところばかり狙ったって、入れるはずはない。宝くじでも引くようなものだ。そもそも今どきの大学というのは何だ。どうせ遊びに行くだけじゃないか、この連中は。だから息子にもとうに言いわたしてあった。浪人だけはするなと。いま地方で勉強しているこれの兄が一年浪人生活を余儀なくされた時も、父親はいい顔はしなかった。それ以来父親は妙に疑ぐり深くなっているのだ。このごろの子供はどうも自立したがらぬ傾向がある。親がかりでいられる期間を一日でも引き延ばそうとたくらんでいるように見える。一年や二年浪人するのがあたりまえなんだ、せいぜいのんびりやらしてくれ。

それでも長男はよくやった。だいたいあいつは真面目だった。それにひきかえ次男ときたら。もちろん、出来ない子供の努力も認めてやらなきゃならぬ。それくらいは父親にもわかっている。が、こいつはどこかちゃらんぽらんだ。一事が万事、適当だ。肝腎のところで手を抜く。しょっちゅう小学生みたいに大きな声を出して暗記物をやっているが、ちっとも頭に入らない。時間をくうばかりで。その非能率なやり方を兄貴がよく笑っていたが、いまでは中学生の弟にも笑われている。それから、これの書きちらかしたぞんざいな字。そこにあらわれたいやな癖に、父親はわが子ながら嫌悪の感じを持つ。ところが当人は、人一倍頑張っているつもりなのだ。長所？　そう、長所もないわけじゃない。本が好きで兄弟三人の中でこれだけが早くに目を悪くしたくらいだ。口は達者だ。人あしらいにもたけている。そういう時の頭の回転はけっして悪くない。だからクラスの人気者だった。もう理屈では母親なんか太刀打ちできやしまい。学科は駄目なくせに、新聞は隅から隅まで読む。世の中のことを、生かじりにしろよく知っている。息子が見たあとの、くしゃくしゃにたたんだ新聞紙のことでは父親はいつも文句を言っている。

勉強には向かないこういう子は、さっさと社会へ出たほうがいいだろう。その点では父親はこの息子を大いに買っている面もあるのだ。ところが世の中はそうは出来ていない。息子のほうだって例の一流だの有名だのへの憧れを、おいそれと引っこめはしない。言われなくったって出て行ってやるさ。大学ぐらい自分の力で行く。住み込みの新聞配達をしてでも行く。口にしなくてもそう顔に書いてある。なるほどその証拠には、ときどき新聞屋のそんなパンフレットが郵便受けに舞いこむ。息子がひそかに取り寄せているのだ。働きながら大学を卒業できるとか、個室も完備しているとか、学資の他に月々小遣いも支給するとか、いいことが並べてある。うまいことを言って、実情はタコ部屋じゃないのか。父親は息子が他人に酷使される場面を想像して、暗い気持になる。まさかそんなひどいものじゃないにしても、子供は世間のこわさを知らぬのだ。年に三十万くれるか四十万くれるか知らないが、只ほど高いものはあるまい。一年三百六十五日、人が寝ているうちに起きて朝刊を配り、午後は夕刊をやってから夜学へ行く。行っても居眠りするだけだろう。第一、それで身体がもつと思うのか。あんな身体じゃないか。

だからあいつは無考えだというんだ。父親はその申込み書類とやらを握りつぶす。こんなものに身元引受人の実印を捺すわけには行かない。遅かれ早かれ病気になって帰されるにきまっている。でなきゃ仕事の必要上バイクの免許でも取って、交通事故に会うくらいが関の山だ。あいつの病気、あれには手こずらされた。去年の六月だった。高校三年という大事な時に、自分の馬鹿とむちゃがもとで肺に穴をあけやがった。二時間もかかる手術をして、一と月以上も学校を休み、治った時はもう夏休みだった。で、その原因というのがまた父親としては我慢のならぬ、ばかげたものだった。社会科の研究発表の調べものを朝までやって、一睡もしないでその日クラス対抗のラグビーの試合に出た。なにしろ息子はクラスの人気者だ。研究発表でもラグビーでも女の子にいいとこを見せたい。どっちもうまく行った。そして喝采を浴びたまでは上出来だったが、体力の限界だった。パチン。風船ガムがわれるみたいに肺がやぶけた。突然の入院騒ぎであちこち電話をかけるやら走り回るやら。母親は夏の毎日の病院がよいでくたくたにさせられた。金もかかった。が、それはまあ仕方がない。許せぬのはあいつのはた迷惑な跳ね上がりだ。ええかっこがしたさに、無理押しごり押しをやって自分の身体をキズものにしてしまった。そういうやつなんだ、あいつは。せいぜいよく言ったところで、おっちょこちょいのピエロ役なんだ。息子がどこの大学も受からなかったと報告に行くと、担任の若い女の先生だけが泣いてくれた。

だが父親としては、なんだか息子にしてやられたような気がしてならぬ。病気も困りものだが、それが浪人する口実を与えたのはもっとまずかった。あいつは病院のベッドで自分に都合のいい作戦を立てたにちがいない。どうせこの遅れはかんたんに取り戻せやしない。兄貴だって一年浪人したんだ。それならおれにだって一年ぐらい遊ぶ権利はある。いかにもあれの考えそうなことだ。要するに、息子の思惑ではことしの受験は小手だめしぐらいのとこ、初めっからどこにも入る気なんかなかったんだ。入れそうもないところばっかり受けたのも、落ちた場合の世間体があるからだろう。そうだとするとこれは親をあざむいたようなものではないか。それで当人はといえば、大してがっかりしているわけでもない。すべて予定の行動とばかり、けろっとしている。何日後かには、これも浪人ときまったクラスメートと運送会社の引っ越しのアルバイトを始めると言っている。一日十時間、最低五千円にはなる。べつに学費をかせぐためじゃない。四月からの予備校の金ならもう払いこんでやってある。これは小遣い稼ぎなんだ。着るもの、履くものを揃えるのに何万か要る。それに女の子とデートする金だって要る。浪人生には浪人生のおしゃれっていうものがちゃんとあるんだよ。

　ざっとこんないきさつで、息子は堂々と浪人することになった。しょうがない。こらえるのも父親のつとめだ。こらえたばかりじゃない、父親自身が言い出して、二階の息子の勉強部屋の配置がえ模様がえまでしてやることになった。これまで北側の冷たい板敷きの小部屋にくすぶっていた息子を、南向きの明るい大きな和室に移して、一年間勉強に集中できるようにしてやろうというのだ。それできょうは朝早くからがたがたやっている。母親が先頭に立って、本人は弟を指図して、あれこれ家具を動かしたり、本棚の中身を入れかえたりしているのだ。掃除機の音、畳や廊下を踏み鳴らす音、三人がてんでに発する掛け声なんかを、父親は階下で聞くともなく聞いている。雑音が雑音であるうちはよかった。が、そのうちに息子と母親がどなり合いをおっぱじめた。何をやってるんだかわからない。母親の悲鳴がだんだんヒステリーじみてくる。またこれだ。言葉は聞えぬながら、そんなふうに年がら年じゅう母親に大きな声を出させる息子の態度が父親の心に刺さる。

やっぱりそうか。父親には息子の魂胆が読めてくる。少しばかり甘い顔を見せたのがいけなかったか。あいつはきのうまで弟と仲よく使っていたその大きな部屋を、一人占めしようとしているんだ。弟を締め出し、弟の学習具や持ち物などもはしから廊下に投げ出して、完全に自分の城にしようとしているんだ。それはまあいい、勉強のためならば。が、それだけじゃない。あいつは自分のベッドまでそこへ入れようとしている。そのために以前から置いてある整理ダンスや座敷用の座卓もどこかへ持って行こうというのだ。父親には目に見えるようだ。そうやって自分に用のないものは全部放り出したあと、壁にも天井にも好きなタレントの女の子のポスターをべたべた貼って、頭からイヤホンをかけて、べッドにひっくり返って、ちょっと下宿暮らしでも始めた気分を愉しもうとしている息子の姿が。馬鹿なやつだ。その自由が欲しければ、まずこの家を出ることを考えるべきなんだ。父親はそこでまたいやな連想におそわれた。死んだおふくろが言っていた恨みごとを思い出した。古い家に兄の息子夫婦が入ってきた時、自分の持ち物を孫の嫁に何の断わりもなしに捨てられてしまった。大事にしていた客蒲団まで二階の窓から投げ捨てられた。今の若い人は物の値打を知らない。昔の瀬戸物でも塗りものでも、古いものはみんな汚ないとかボロだとか思ってる。その通りだ。連中は安ぴかのプラスチック製品がお気に入りなんだ。綿でも本物の綿より今どきの化繊綿のほうが上等だと思うのだ。それで何でも粗大ゴミにしてしまうのだ。

息子も御多分に洩れずだ。母親が必死に制止するのも聞かずに、いまも二階から何か大きなものを引きずり下ろそうとしている。そいつをあちこちへ手荒くぶっつけながら、口ぎたなくどなり返しながら階段をおりてくる。邪魔だから片づけるんだ、だっておれの部屋にしていいっておやじも言ったじゃねえか。でも困るじゃないのよ、そんなに何でもかんでも小屋にほうりこんだら。知るかよ、そんなこと、あれはもうおれの部屋なんだ。息子が厄介払いしようとしているのは、古い桜の円テーブルのようだ。

この野郎。図にのるんじゃないぞ。去年病気でさんざん苦労をかけた母親に、その言いざまは何だ。親不孝者め。父親はこらえなきゃいかんと頭では思うが、腹の虫がおさまらない。さっと立って縁側へ出て、もうそこにあったゴムぞうりを突っかけている。天気はいいが、風はまだ薄ら寒い。小屋は庭の隅にある。車庫兼温室兼物置といった感じで、中はうすぐらい。裏から入ると、道路側の戸を開けっぱなしで息子と母親がさかんに言い争っている最中だ。入口に弟が突っ立っている。おい、何をしてるんだ。何をって、片づけてるんじゃねえか。息子は父親の登場を半ば予期していたか、こっちを見向きもしない。おい、何を勘違いしてるんだ、うちは下宿屋じゃないぞ、お前一人に勝手な真似はさせないぞ。すると息子は初めて向き直って、父親の顔を見た。そして、いやに自信たっぷりに言う。おれはね、こわもては平気なんだよ、そんなこわもては。父親がこわもてで、そんなものはへっちゃらだという意味だろう。こわもて？　お前は日本語がわかってるのか？　親に向かってこわもてとは何だ。父親はすっと腕をのばして息子の眼鏡を外し、そばの段ボール箱の上に置く。トンボめがねみたいな、大きめなレンズの眼鏡だ。こんなものを掛けやがって、だから大学にも入れぬのだという気がする。もう一ぺん言ってみろ、こわもてとは何だ。胸倉をつかんで前後に揺さぶってやる。こわもてはこわもてじゃねえか。息子は朝から母親や弟に八つ当たりして、自分も疲れているのだろう。大分汗をかいている。その顔に父親は拳固でいきなり一発くらわした。同時に息子は下から組みついてきた。背丈は父親に及ばぬが、さすがに若いから糞力がある。狭いところで、おまけにこちらは足もとの不安定なゴムぞうりだ。踏んばりがきかなくて、おもわずよろめく。やめなさい、お父さんに向かって。やめて、やめてちょうだい。母親が叫び出すが、止められるものではない。むろん弟の出る幕じゃない。息子が組みついて離れぬので、父親はその首を抱えこんで、もう一発、見当をつけて下から殴りつけた。やっとはなれた。が、こっちはひどい息切れがする。何を言うにも、とぎれとぎれだ。見やがれ、そんなだから、お前は、大学にも、行かれないんだ、行けるもんか。行けるんだね、それが。息子は無理に作り笑いをして言い返したが、まっ青な顔で、目の上があざになっていた。みっともない、ご近所に丸聞えじゃないの。ふん、なにがご近所だ、近所にもこういうろくでなしが何人もいるじゃないか。ふと門の外へ目をやると、向かいの家のブロック塀の上から三つか四つの男の子が、大きな目をあいてじっとこっちを見ている。

出て行け、荷作りしてきょう中に出て行け。父親はやっと息切れがおさまったところで、それだけはあたりまえの声で言った。ああ出て行くよ、いろいろお世話になりました。息子の、早口の、紋切型の挨拶。そいつは若い連中がよくやる、よろしくお願いしまぁすという、馬鹿みたいなあれにそっくりだ。が、そこにはもうさっきの居直った勢いはない。言葉とはうらはらに、父親の顔色を読み取ろうとする自信なげな表情がちらつく。そうだ、出て行くと言ったんだから、出て行くがいい。おたがいにさばさばしていいだろう。子供なんかもうたくさんだ。どいつもこいつも出来損ないばかりで。それはたいていの父親が一生に何度かつぶやかずにはおれぬせりふだ。

最後の一と言を伝えたのだから、もう何も言うことはない。父親は一人で小屋から引き揚げる。そして自分の部屋に戻ってから、また続きを考える。他のことはもう考えられない。父親として息子と暮らした十八年間のことしか。不思議なものだ。こういうことが起こったあとでは、それがずっと前から運命として定められていたかのように、どうしても避けられぬ破局であったかのように思えてくる。どっちみちあいつとはこういう別れ方をするように出来ていたんだ。それにしてもつまらん役割だな、父親なんていうものは。

こんなことになっちゃって、どうしてこんなことになるの。窓の下を子供みたいに泣きじゃくりながら、息子の母親が行ったり来たりする。息子が小屋から出ようとせぬので、昼食の握りめしでも運んでやっているのか。どうして？　どうして？　答えはないはずのその問いが、やはりこの自分に突きつけられているのを父親は感じる。父親には息子の声も聞えるようだ。罵倒され、殴りつけられ、目の上にあざをこしらえた息子が、いまようやく平静を取り戻して、暗い小屋の隅で、おろおろする母親を前に、手ばなしでさめざめと泣いている姿さえ目に見える。おれにはちゃんとわかっていたんだ、おやじはおれが嫌いなんだ、ずっとせんからそうだったんだ。

だが父親のほうは、むろん涙なんかこぼしはせぬ。父親はその先を、もっとずっと先を考えている。いずれまもなくあいつは荷作りを始めるだろう。でもこんな状態のまま家を出すわけには行かない。第一、それでは母親が参ってしまうだろう。あれの弟にしたって傷つかずにはいまい。殴られた痛みやあざなどはじきに消えるものだ。が、心のあざはそうは行かない。もう一年だけ手もとに置いて、出る時はちゃんと大学生として出て行かせる。この工作はやはり母親にやらせるしかあるまい。なんといったって相手はまだ子供だ。

おやじを殺してやる。そんな一行を日記に書きつけた日が、その昔自分にもあったことを父親は思い出している。

息子は二階のトイレに逃げこんで、とじこもってしまった、中からしっかり鍵をかけて。母親はそのドアを拳でたたきながら、半月後には高校生になる息子の名前を、幼な名で呼びつづけている。

二人のやり方が階下にいる父親をよけい逆上させることになった。何をやってるんだ、しんきくさい。隠れたりするほうもどうかしているが、女親のこびるような声の出し方も気に入らなかった。

だが戻ってきた母親の顔は、こころなしか急に青ざめて見えた。父親にうったえる声も泣き声になっていた。

出て来ないのよ、返事もしない。

母親が、こんな際だから無理もないが、早くも最悪の事態を想像してとりみだしているのが父親にはわかる。まさか。が、ここに至って晩酌の酔いもいっきょにさめた感じだ。

よし、そんならおれが引きずり出してやる。

父親は覚束ない足どりで、それでも威厳だけはつくろうように大きな足音をさせて階段を上がって行き、散らかしほうだいに散らかしてある息子の部屋をまたいで、トイレのドアの前に立った。

おい、出て来い。わからなければわかるようにちゃんと話をしてやるから、出て来い。精一杯やさしく言ってやったつもりだったが、反応なしだ。ことりとも音がせぬ。そんなことはしたくないけど耳をすましてみる。聞えるのは自分の荒い息づかいばかりで、ドアの向こうでは息子の身じろぎの気配すらない。死んでいるのか。

おい、小屋から鉈《なた》を持って来い、ドアをぶちやぶってやるから。

むろん鉈はおどしだ。時すでに遅しとならば鉈も無用だろう。反対に、息子に聞く耳があるなら鉈を振るわれる前に自分から出てくるだろう。慌てることはない、あわてたって意味がないと、父親はつとめて理性的な判断にすがろうとした。おれのほうはちっとも間違っちゃいないぞ。こいつにそれがわからぬのはまだ子供だからだ。いずれわかる時が来るんだ。

しかし、どっちにしろ息子は出て来ようとしなかった。

勝手にしろ。母親をその場に残して、父親は一人階下の食卓に戻った。そこの部屋の床いちめんに茶碗だの皿だの小鉢だののかけらが散乱していた。いったい何が起こったんだというような、そんな他人の目で父親はいましがた自分が働いた狼藉のあとをぼんやり眺め回した。足の踏み場もないとはこのことだ。スリッパをはいているからいいようなもの。

パイレックスの蓋つきの保温器は片手では持ち上がらぬから、両手でつかんで投げた。そいつは嵩も重量もあり、割れにくくて、そのまま隣室への襖の板戸にめりこんだと見える。ベニヤに思いきり蹴とばしたみたいな大きな穴があいている。醬油の瓶は中身が吹きこぼれ、敷物の上に飛びちって、ちょいとした惨劇現場のおもむきだ。

その他なにやかや、手あたりしだいに投げつけたものだ。何をいくつ、どこへ、そんなことは覚えていない。いちいち覚えていられるものか。父親は、何もなくなってさっぱりしたテーブルの上に、戸棚から新しいグラスを出して、酒の残りを注いだ。いまさらしでかしたことを後悔するといった気持はなかった。それにこういうことはいつでも一瞬のうちにおっぱじまる。

この日もそうだった。晩めしのあと、息子に明日新入生として高校へ提出する誓約書の紙に字を書かせた。全部親が書いてやっても通用するのだろうが、やはり本人の欄は本人が書くべきだろうから。息子は、こんなものというみたいに、ボールペンでさもいやいやぞんざいに汚ならしい字を書きこんだ。おまけに住所とあるところに氏名を書き、氏名とあるところに住所を書いていた。なんだそのふてくされた書きざまは。そんなに行きたくない学校なら行かんでもいいぞ。どなりつけてやってもよかったが、この時はがまんした。ところがそのあとがいけなかった。息子が例によってぷいと立って自分の部屋へ上がってしまってから、もう一度書類を見直すとどうだ。母親が息子の間違いを消しゴムでむりやりこすって消し、なおもちゃんと見せようと子供の字の上を二重にも三重にもなぞっていた。こんなふざけた書類があるか。

父親は頭の血管がいちどきに何十本も切れるかという気がした。いきなりその紙を丸めて、息子の母親の顔に投げつけた。合格通知も保証人の書類も身分証明書のカードも、その時そこにあれば同じ目に会っていたろう。どれも父親が昼のうちに記入すべき個所を万年筆でていねいに記入して、あとは息子が書くべきところだけを残しておいてやったものなのだ。それを人の気持もかえりみずおまえらは台なしにしやがった。あした行ってもう一ぺん新しい用紙を貰いなおして来い。ガッチャーン。

まあ、ざっとそんな具合だった、事の起こりは。

父親が酒をくらって、いやな酔い方をして、わめいたり物を投げたり、母親相手に荒れくるっている物音は、二階にいる息子の耳にとどかぬはずはない。最初のガッチャーンでもうあいつは逃げ出す構えになったにちがいない。親たちのやりとりは聞えずとも、ことが自分の進学にかかわるものだぐらいはとっくにわかっているだろう。そうでなくてもあいつは父親が酒を飲むのを嫌っているんだ。

呼んで来い、あいつを。話がある。

が、息子は父親のそのことばをいち早く聞きつけたか、母親が呼びに行った時にはすでにトイレの中だった。女親はべそをかいていた。

せっかく行くとこも決まって、本人だって内心はよろこんでいたのに。この二、三日やっと元気になりかけていたのに。

むろん父親だって誰にもおとらず息子の高校のことではよろこんでいたのだ。志望校の入試に失敗していらい半月以上も、父親は仕事もほとんどおっぽり出し、母親も家のことをそっちのけにして息子の学校さがしに明け暮れた。三月十二日の卒業式の日にも、卒業生三百四十何人かのうちでまだ行先が決まっていないのは息子一人だった。それでも息子はハレルヤと「今日の日はさようなら」のコーラスに加わって、感激で目を赤くして帰ってきたが。

しかし、息子をその卒業式に出すのだって、出すまでが一と苦労だった。やはりショックがひどすぎた。すぐそこにあって子供もあこがれ親も行かせたかった高校を、受験させてもらえたまではよかったが、受けた三十何人のうちで自分一人だけが落ちた。はた目にはどう見えようと、男の子には男の子のプライドというものがあろう。それにもまして今の入試は偏差値だのなんとか方式だのと点数の序列一点ばりだ。受かるも受からぬも、実はもう受ける前からわかっていたのかもしれない。

それなのになんで受けさしたんだ。受かりっこないものを、落ちるにきまっているものを。それでいて滑りどめも受けさせなかったじゃないか。

あれこれ言い含めて一ランク上の学校を志願させた親と、おもてむきもっともらしく励まして送り出した中学の先生と、早い話が息子は大人たちにだまされたと思っているのだ。そしてそんな思いをさせられたあとで、欠員の再募集でやっと見つけた遠くの学校へよろこんでかよえというのは、言うほうが無理かもしれぬのだ。

息子のその気持が父親にわからぬのではなかった。だがそれを、そうじゃない、これでよかったんだと説いて聞かせるには時間がかかるだろう。一年、二年、五年、十年、これからの長い人生でというほどの時間が。当座はどんなに言いつくろってみても息子は承服せぬだろう。それくらい当人自身が、子供の能力や個性を十把ひとからげに点数に換算して、ずっと先の将来までも占うような考え方に洗脳されきっているのだ。この年でもう一生が決まってしまったように思っているのだ。

とにかく最初の入試に落ちた日に、息子はもう大分神経をやられていた。帰ってくなり、まっすぐ階段をかけ上がって自分の部屋にこもってしまった。幼児みたいにわああ手ばなしで泣くかとおもうと、急に兇暴になってそこらのものをこわしにかかった。好きな放送やステレオの雑誌をはしからちぎったり、丸めて投げたり、紙屑の山をこしらえて、自分はそのまんなかに坐っていた。

そのうちに今度は何よりも大事にしていたはずのカセットに手をつけた。FMや貸レコードから録音した貴重なテープを、一巻ずつすっかり引き出して自分のからだにぐるぐる巻きつけ、へらへら笑いながら隣の兄貴の部屋をのぞいたりした。それでも足りなくて、テープを鋏でこまかく五ミリぐらいずつに切りきざみ、あたり一面にまき散らした。その切りくずが家の者たちの服にひっつくやら、猫の肢につくやらだ。

そうして最後には、とうとうラジカセの機械そのものをぶっこわしてしまった。アンテナをへし折り、スピーカーのグリルやコーンもひっぺがした。そいつがないとまっさきに困るのは当人だろうに。音楽雑誌の読みすぎ、テープの聞きすぎが祟って受験に失敗したから、だからそいつらに当たっているのか。そういえば母親は年がら年じゅう息子のその道楽を口やかましく責めていたものだ。

あいつ、どうかしてるぜ。とうとう狂っちまったみたいだ。

兄貴がそのたびに階下へ報告に来たが、父親も母親も黙って息子のしたいようにさせておいた。それで気がすむんならいくらでもやるがいい。いまは何を言ってもだめだろう。

ただ困るのは、そんな精神状態でもどこかつぎの学校を受けさせなくてはならないことだ。そのためにのべつなだめたり、はっぱをかけたりしていなきゃならぬ。父親は毎日何時間か、また息子を自分の部屋に呼んで英語と国語をさらってやった。そして一方では、朝早くからあちこちへ電話したり、ほうぼう電車やタクシーで知らない土地を尋ね回ったりした。知人に相談に行ったり、担任の先生に来てもらったりした。

私立の二次募集ももう締め切りに近く、何校も残ってはいなかった。そんなところだって行き場のない中学生が押し寄せて、大した競争率になっていた。息子は近くの私立をひとつと、東京の私立もひとつ、朝早く起きて受けに行ったが、両方ともふられて来た。まじめに答案を書いてきたのか。面接でもちゃんと応答してきたのか。うわの空でやって来たんじゃないのか。そう思いたくなるくらい、どうも落ちぐせがついたようだった。そんなわけで、最後は県立高校の二次募集というのに一るの望みをつなぐしかなくなった。そしてそれも駄目なら浪人もやむなしだったのだ。

それにしても親にも子にもなんと長く感じられた三月だったことか。またいじわるくよく雪のふる三月であったことか。雨もふったし、みぞれも降った。骨までぬれるような、じとじとした冷えこみがつづいた。そうしてきょうも夕方からみぞれのような白いものがちらついている。雨ふりとも雪どけともつかぬ、しつこい雫の音が、庭先にも軒下にもひっきりなしにしている。

息子の母親は、相変らず階段をせわしない足どりで駈けのぼったり駈けおりたりしていた。何度でもトイレの中の息子に声をかけ、ドアをたたいたり取っ手を引っぱったりしているらしい。やっているうちにすっかり血相が変っていた。

やっぱりドアをこじあけるしかないわ。

ほっておけ、勝手に出てくるまで、何日でも。

だってそんなこと言ってて、死んじゃったらどうするのよ。こんなことで、万一早まって。

死にたいやつは死なせるしかないじゃないか。おれにどうしろって言うんだ。

父親は強がりを言っているが、もしやという母親の一語を否定しきる自信があるわけでもないのだ。無理やりドアをこじあける。するとそこに息子が、たぶん半分便器にもたれかかるような恰好でくずおれている。肩に手をかけて抱きおこす。と、物体のようにごろんとなる。そんなことがあり得るのか。だいたい死ぬってどうやって死ぬのか。あのトイレの中で首吊りは可能か。

あたし、やってみるわ。

父親が腰を上げようとせぬので、母親は意を決して、そこらにあったドライバーを手に二階へ上がって行った。が、すぐまたおりて来た。

駄目だわ、とてもこんなものじゃ。

玄関わきの戸棚をあけて、大工道具のケースをがちゃがちゃやっている。何かもっと大きなものを持って上がったようだ。ハンマーか、スパナか、釘抜きか。

それでもってトイレのドアをぶっ叩いている。女の腕とも思えぬくらい、はげしく、せっぱつまった勢いで。少なくとも音だけは近所にも響きわたるほど派手に聞える。階下にいる父親にも息づまるような数十秒があって、やっと音はやんだ。

ドアはあいたか。息子はどうした。

さっきと同じ、また小走りにおりてくる母親の足音。

ドアこわしたけど、あの子いないわ。窓から屋根をつたって出てったらしい。

どうりで。最初からずっと何の反応もなかったわけだ。瞬間、父親はほっとすると同時に、なにか自分の予感に不当にあざむかれたような気がせぬでもない。第一、息子がそんなやり方をしてまで断乎として家を出て行くとは思わなかった。たとえ乱酔したおやじに鉈を振り回される恐怖からにしてもだ。あいつ、やりやがったという感じだ。

わざわざ見に上がるまでもない。二階のあのトイレの小窓から屋根までの距離は、どう考えても息子の身長に余るはずだ。ここのところ急に背丈が伸びたとはいっても、まだ父親ほどじゃない。あいつはまず両手で窓枠をつかんで懸垂みたいにだらんとぶら下がったにちがいない。そうしておいてうっかり足を踏みすべらさぬよう、羽目板に吸いつくようにして勘で下の屋根へとびおりたのだ。父親は息子のその決死的場面を頭にえがいた。

言えることは、そうまでして脱出する元気があったものなら、簡単に死にゃあしないということだ。これは病気じゃない、ただの反抗だ。それがとりあえずは男親の判断だった。でも風邪ひいちゃうわ、あんな恰好で出て行って。下はトレパンだし、上は薄いジャンパーをはおってるだけだし。足は素足で。

なにかつっかけて行ったんだろう。履きものを調べてみろ。

母親は勝手口を見、縁側の雨戸を一枚繰ってすぐ下のたたきを見た。が、昼間からその辺に散らばっていたゴムぞうりなどは、どれもそのままだった。

やっぱりはだしだわ。馬鹿ねえ、この寒い晩にはだしでとび出すなんて。車のドアだって凍りついてあかないっていうのに。

息子はよほど大慌てで出て行ったにちがいない。おやじにとっつかまったら最後だとばかり、足音もくらまして、みぞれのふる闇の中へまぎれこんでしまったと見える。それとも昔の子供は家をとび出すにしてももうちょっと用意周到だったのか。

　そんなことがこの自分にもあったと、父親はことさらに思ってみる。たしかに、何度もあったけれど、なにしろもう四十年近くも昔のことだ。そんな場合に自分はどんな行動をとったろうと記憶の糸をたぐってみても、なんだかあやふやだ。おそらくどこまでも行くつもりでとび出してはみたものの、途中で心細くなり、同じ道を行ったり来たりしたあげく、何時間後かには家が見えるところまで戻って来ていたというようなことではなかったか。息子のやつも案外すぐ近くにいるのではないか。

　だいじょぶだ、そのうち帰ってくるさ。

　そうかしら、帰ってくるかしら。

　こんな時間に（もう十時に近かった）、どこへ行くとこがあるんだ。誰のとこへも行かれやせんだろう。だいたい今度の事であんなに人に会うのをいやがっていたんだ。それにそんななりじゃあな。まさかはだしで町なかも歩かれんだろう。金も持ってないだろうし。

　じゃ、海岸でもうろついてるのかしら。

　二人とも、それとなく戸外に耳をすますが、海の方角はただ波がごうごう言っているだけだ。父親は、みぞれの舞う真っ暗な砂浜をトレパンのポケットに両手を突っこんで、首をすくめてはだしで歩いている息子の姿を、その遠ざかるうしろ姿を、ぼんやりと目にえがく。そして、この淋しさは息子のうしろ姿がさびしいのか、自分の心がさびしいのかなどと、わけのわからぬことを考えている。

そうした年頃なのだから、世間ではよくあることなのだろうが、息子の場合にはこんなことは初めてだった。上の二人の兄たちと違って、父親はこの三番目は育てる時に叩いたこともなかった。末っ子だというので甘やかしすぎるという非難を、父親は家のみんなからあまんじて受けてきたくらいだ。それだけに、どこか規格はずれで、いつまでも子供々々しているように思っていたが。

探してくるわ、こうしていてもしょうがないもの。

母親はハンドバッグと車のキーを手にしていた。懐中電灯も持って行った。やがて車庫の戸を押しあけてバイクを出し、エンジンをふかす音がした。

そんなふうに母親は一と晩のうちに五回も六回も出たり入ったりすることになる。が、どこといって心あたりがあるわけではなかった。そのつど失望させられるだけで、どんどん時間が過ぎて行った。

どこからも電話一本かかって来なかった。あいにくと、その晩はすぐ上の兄も高校の同窓会とかで家をあけていた。あちこち電話してやっとのことで居場所をつきとめると、大学生の息子は友人の家で酔いつぶれていた。かつぎこまれたんだそうで、とても帰ることなんか出来ないという。しょうのないやつ。駄目だわ。どこを探してもいない。いやだけど警察に届けましょうよ。

いや、待て。もう少し待て。

真夜中をすぎて父親はようやく立ち上がり、自分も探しに行くことにする。防寒着のジャンパーに身をかため、毛のマフラーをして、手袋もはめた。傘はじゃまだ。

外へ出ると、みぞれはただの雨になり、それも小やみになっていたが、空はまだ真っ暗だった。あたり一面に夜気で凍りついた木のにおいが立ちこめていた。そして、いやにまぢかに迫るような潮のとどろき。

父親は雨のしずくでざわめく雑木林のふちを通り、そちこちの犬に吠えつかれながら、海のきわの息子の中学校のほうへ行ってみる。長いコンクリートの塀の合間から、広いグランドごしに、四階建ての校舎の周辺をうかがってみる。黒い空をバックにまるで不吉な廃墟のようだ。いやいや、もちろん息子はこんなとこへ来るわけがない。やっとおさらばしたこの学校へなんか。

この時間に、こんな天気に、まさか海でもないだろう。そうと決めてそれ以上は行かなかった。ただその辺を大ざっぱにぐるりと回って帰ってきた。ふしぎと今夜は路上で誰にも出会わなかった。誰一人にも。こんな恰好の中学生らしいのがはだしで歩いているのを見ませんでしたかと、尋ねるにもたずねようはなかった。それにどうしてだろう、おれはいなくなった猫を探す時ほどの熱心さでは息子をさがしていない。

父親はいまやすっかり自信喪失していた。息子の行方を探すことにも、息子の心をつかみ直すことにも。何もかも見当ちがいだったのかもしれん。いつもそばにいてわが子のことは十分にわかっているつもりでいても、いざとなると、立ち回り先すら見当がつかぬ。そのことが父親に息子の心の孤独を思わせた。年はまだ十五でもその孤独はもうりっぱに一人前だ、一人前以上だ。それが父親のおれにはわかる、父親だから。

その夜、母親が息子を見つけた時はもう午前一時に近かった。

あきらめきれずに、またしても今度は車で出て行った母親が、とうとう息子が電車の駅へ向かって歩いているところに出くわした。

父親は自分の部屋にいて、どこかの公衆電話からする母親の報告を聞いた。

なんて馬鹿なやつだろう。息子は髪の毛も着ているものも全部びしょ濡れで、はだしの足は凍えてろくに歩けなくなっていた。家をとび出したあと、すぐ近くの雑木林に金網の破れ目からもぐりこんで、そこのいちばん奥の茂みの中に三時間も隠れていたのだ。おまけにトイレの小窓から屋根へ脱出する時に、ブリキかなにかで両方の掌を切って血を流していた。が、傷は大したことはない。

電話で喋っている母親はあきらかに息子の肩をもっていた。

もう家には帰りたくないって言うのよ。帰ったらおやじに殺されちまうって、あんな気違いとはもう暮らせないって、そう言うのよ。

じゃあ、どこへ行こうっていうんだ。

だから、なんとかあたしが説得して連れて帰るから、今夜はもうなんにも言わないこと。あなたはとっくに寝てしまったっていうことにするから。

その二人がまもなく帰ってきた。車の音がして、車庫の戸をしめる音がした。バタン。一件落着というみたいに。

父親は、息子が壁につかまり痛む足をひきずって、ふだんよりずっとゆっくりと階段をのぼって行く足音を聞く。

とっくに寝ているはずの父親は、自分の部屋で椅子にもたれて、何をするでもなく、さりとて横になる気分でもなく、じっと大きな目をあいていた。

こんな気違いとは暮らせないっていうのか。ふん、上出来だ。父親はわれしらず声なき笑いを笑った。息子をもつ世の父親どもに許された唯一の父親らしい笑いを。

水にうつる雲

二階の窓から、私はときおり目を転じて、海の上の空を眺めた。いやな天気だ。煤のまじった靄がそのまま凝ったような、一面の薄墨色の雲、その中ほどにぽつんと、街かどの小さな外灯ほどの明るさで、初冬の午後の太陽がともっているのがどうにか透けて見える。ああこういう日はだめだ、とすぐ思うのは私にはいつものことだ。実際、私は日が照らぬとなると、それだけで身体の調子がおかしくなる。そうして、考えまでが暗くなる。いっそ雨戸も締めてしまったほうがいいかもしれない。が、それもなんだかおっくうでそのままにしていた。

もっとも、私としては、久しぶりに二階に落ち着くのが悦ばしくないことはなかった。息子たちも二人までがよそで暮らしていることだし、この機会にざっと十年ぶりぐらいで階下の仕事場を引き払い、一人で二階を占領している三男と入れ替わった。そもそもは、十年前に、それまで自分の居室にしていた二階が急にいやになったので、わざわざ下に書斎と称する一角を建て増しまでして、そこへ降りたのである。ところが、気に入っていたはずのそこも、だんだん面白くなくなり、結局また振り出しにもどることになった。一つは、二た間続きで寝室も兼ねるのに、冬ばかに冷えるのと、夏も近年海辺が開けたり周囲が建て込んだりで、騒音がはなはだしいということ、もう一つは何とはなしに気分が落ち着かなかった。考えてみると、私は子供の頃からそんなことばかりしてきたようだ。そして、いまではそれが年中私と妻との衝突の原因ともなった。

父親の身勝手には慣れているせいか、自分はほとんど夜寝るだけで大して実害がないからか、あるいは子供には二階の和室なんかより密室風にドアのある部室のほうが魅力なのか、高校生の息子はいやとは言わなかった。ただ一と言、「そんなふうに寒がったり外の音をうるさがったりするのは、年をとったからだ」というような感想を口にしただけだった。それは彼の言うとおりにはちがいない。私は息子のせりふが、もっともというよりはあまりに感情抜きで他人事なのにも苦笑させられた。

まもなくして上下の大移動を始めた。ついでに大掃除もやろうということで、十一月という月はそんなことで暮れてしまった。初め、私は仕事上の便宜も考えて、下にある自分の物は何でも全部二階へ持って上がるつもりだった。が、整理をしかけて、すぐに断念した。多くはないといっても、この十年間にまた自然に増えた持ち物（むろん大半は本や書類のたぐいだが）の量はあなどりがたいもので、そいつを二階へ運んで一から並べ直すなんてとても出来そうもなかった。おまけに、私は心臓をやってから階段というやつが苦手である。それなら家の者に手伝わせて自分は指図だけという手もないではないが、私はどんなことでも他人のしごとは気に入らなくて結局あとで自分でやり直すから、かえって気骨が折れる。それに、第一、本の整理なんてもういやだ。

私が本を二階へ上げるのをやめたのには、実はもう一つ訳があった。おかしな話だが、それは砂の上に立つこの家が、ことに近年、目に見えて傾き出しているような気がしてならないことだった。もちろん、安普請だからということはまずあるだろう。が、どうもそれだけではなく、地盤そのものが沈下しつつあるように思われた。その証拠には、唐紙や障子や、ドアや窓の戸なども、ひどく建て付けが悪くなって、柱とのあいだに隙間の出来る箇所がめっきり増えたことで、そうそう建具がゆがむとも考えられないから、やはり家の骨組み全体に狂いが来ているにちがいなかった。それは、私の家のように海岸の砂地に建てられた家屋の場合、多少とも避けられぬことかもしれないが。

専門家に質したわけでもなく、素人考えにすぎないが、家の基礎というのはよく見かけるように、溝を掘ってあの凸字型のコンクリを打つ。あれの下には砂利を敷いたり、栗石とかいうものを並べるらしい。あの石をけちるとか、セメンと砂の調合や捏ね方をいい加減にやっつけるとかいうことをしてあれば、土台はそもそも弱いわけだ。また、基礎は一応ちゃんとしてあっても、建物自体の水平と垂直が厳重に保たれていなければお話になるまい。有名な手抜き工事というやつで、柱の数が極端に少なかったり、筋交いをやたら省略してあったりすれば、家は長年のうちにおのずからゆがんでくるだろう。ましてや、ここは昔から砂が飛ぶのが名物というくらい強風の吹きまくる土地だ。そういう日には、風が文字どおり家全体を揺さぶるのが、この二階に坐っていると身体にじかに感じられる。そのうえ、近い将来の大地震が噂されるたびに名前が出る伊豆や東海はすぐ隣だから、人体に感じられない程度の微弱な大地の揺れはしょっちゅうだろう。そのたんびに家はほんの少しずつでも捩じられて、材木の継ぎ目がゆるんだり釘の頭が浮いたりするにちがいない。

私が最もいやな気がしていたのは、雨水というものの仕業だった。大雨が海辺の砂地に叩きつけるように降りそそぐと、いたるところに大きな穴ぼこが明く、あれだ。ここらの住人は、どんな豪雨でもたちまち砂が吸い込んでくれるので、水はけのいいことをさも利点のように思っているらしいが、その水の行方を想像することは恐ろしかった。水は蟻の巣や土竜の塚を端から崩すようにして地中に流れ込み、土台のコンクリを洗い、もっと下まで浸入して、ついにはもともと柔《やわ》い地盤をぐずぐずにしてしまう。そうなれば、基盤はそこだけ何分か何寸か知らぬが確実に沈み、家全部の重みがその一箇所にかかることになる。そうして、私の家は降雨のたびにどこまでも傾いて行く。沈みはじめた家を元の位置に戻すなんていうことは誰にも出来やしない。もう手遅れだ。

そんなふうに考えて、私は少しばかり後悔した。壊れた樋を長いことうっちゃらかして置いたのもまずかったし、軒下近くにむやみに水溜まりをこしらえて平気でいたなどもどうかと思われた。だが、家のどん底まで水が回ってしまった今となっては、どうしようがあろう。私はまた、この家が一体どっちへ、どのくらいかしいでいるものか知りたく思い、笑止にも日曜大工用の水準器をあちこちに当ててみたが、もとより素人に判断のつくわけはなかった。こういう場合の気休めのつねとして、なるべくそのことは考えないようにするしかなかった。どうせいつ大地震が来るかわかりゃしないんだ。風でひん曲がったもんなら、おなじ風があべこべに吹いたひょうしに元へ戻るなんてこともあらまほしいじゃないか。それに、家の心配も結構だが、この自分があと何十年も生きるというんじゃなし、いつめらめらと燃え上がるか知れぬこの木と紙の家ぐらいがちょうどいい。だいたい、海のそばがよくってこんな水ぎわに根を生やしたんだから、風や砂に文句をつけるのはお門違いだろう。まあこれもこれで風流の一種と言えるかもしれぬ。

しかし、家が傾いているという不安は、どうやら私の睡眠の世界までも支配しているらしかった。二階がとんでもない角度で傾斜していて、歩きづらいのを通り越し、たえず床から下界へ滑り落ちそうになる（下界とは何か、どんな眺めになっているのか、私には知る由もないが）、しかもそっちのほうへ体重をかけたら家ごと転落するから、懸命に踏みこたえる、つるっとした床に四つん這いになって両手で必死にしがみつく、といった趣向の、ひどく疲れる夢を年に何回か見た。

そうでなくても、私が見る夢には家が出てくるのが多かった。幽霊は家に取り憑くというが、私は家の夢につきまとわれているようだった。それは必ずしも悪夢というのではなかったが、といって好い夢とも思われなかった。なんということもない太平無事の夢にも、人はやはり悪夢同様にうなされるとみえる。夢では、釘一本出てきても、おそろしい。ふだん見慣れている肉親や知人の容貌なども、そぞろ尋常でない感じだ。そして、一と口にいやな夢と言っても、大災害の都会の真っ只中を一人で逃げまどうとか、見たくもないぞっとするような線虫類や蠕形動物がうごめいているのを無理やり見せられるとか、そんなのはおよそ無邪気な部類で、本当にいやな夢というのはもっと別にあった。いまでもぼんやり覚えている一つは、薄くらやみの中に崩れかけた空き家があって、そこを自分が出たり入ったりする夢だ。何をやっているんだかわからないが、ただもう出たり入ったりしている。それだけの夢だが、はたして死後の世界というのはあんなものだとすると、まったく助からない話だという気がした。とにかく、その空き家の夢が毎度私をやりきれぬほど圧迫するので、一時は夜寝床に入るのがいやになったくらいだった。

ところで、今度十年ぶりに二階のあちこちを点検してみると、子供たちが育つ段階でどの部屋もさんざんに汚されたり疵をつけられたりしていたのは当然として、柱の傾き具合や床の沈み方のほうも不気味なほど進行しているのが見てとれた。私がもうこの二階へは重量のある物を上げないほうがよかろうと判断したのは、引っ越しがめんどくさいという理由ばかりではなかったのである。そこで私は、ふだんどうしても手元に必要な字引類、しょっちゅう参照しなくてはならぬ若干の文献（とは名ばかりの雑駁きわまるものだが）、書類だの文房具の小物だのを入れてある整理簞笥一と組、その上に載っているFMとカセットを聴く小型の装置、それだけを持って上がることにした。これだけあれば、さしあたって私が籠城するには十分だった。かくも私が減量につとめて、それでもなおかつ二階の部屋々々が沈降するのを防ぎ得ないというのであれば、何をか言わんやである。

当初は私も、階下の書斎をきれいに片づけて、作りつけの書棚もすっかり空にして高校生の息子に明け渡してやる気でいた。で、壁一面を埋め尽くした本を、「どけてやるから」と言ったが、「どうでも」という返事なので、そのままにして行くことにした。目ざわりではないが、引き出して眺めてみるほどの興味もないという意味だろう。その代わり、書棚の隅っこを二、三段あけてくれということだった。後日、学校へ行った留守にちょっとのぞいてみると、息子はそこに、父親が一行も読んだこともなければ、どんな作風の人かも見当がつかない、ただ名前だけは広告などで見知っている当代の若い人気作家の文庫本を、彼の著書だけを十冊かそれ以上も大事そうに並べていた。そして、私の蔵書が重々しく居並ぶスペースのほうは、着替えのシャツやジャンパーを吊るすのにうまいこと利用していた。

こうして、私はともかくも二階に腰を据えたわけだが、正直、こんなことはもう沢山だと思ったし、これを最後に二度とここを動くことはあるまいという気さえした。自分の居場所のことで家の者と際限もない口論をすることにも、私は飽き飽きしていた。お恥ずかしい話だが、私は仕事柄家にいる時間が多いせいか、特にこの数年、妻と言い争いをするようになっていた。むろんそれは身の上相談や家裁に持ち込むような問題ではなく、子供の学校のこととか、こまごました支出のこととか、家事の処理如何といったことにすぎず、私さえその気になれば、すべて目をつぶってほったらかして置いてもいいような些細な事柄であるが、しかし、どうもそうとばかり言ってもいられない、些事がただの些事でとどまらないふしがある。一事が万事で、住居のことでも話は合わなかった。早い話が、私のほうはこの年になってどうしたことか、五十年も住み慣れたこの土地におさらばしたい気持ちが強くなっていたが、よそへ移る件については、いつも相手の頑強な抵抗に出会った。この二、三年というもの、一度消えた火がまた燃え上がるような具合に、ふとしたきっかけでその話題がくすぶり出すと、そのたびに必ず言い合いになり、必ず物別れに終わった。相手がどうしてもここを動きたくないというのであれば、話は一歩も進まない。なるほど、一家の舵をとる主婦が、気まぐれな亭主のそんなあやふやな、夢みたいなもくろみにたやすく乗っかるわけはなく、彼女の反対はそれなりの現実的な計算にもとづいたものだろう。それはよくわかっている。いや、それ以上に私はわかっていたつもりだ。

私には、それは単なる転居とか気分転換の問題ではなかった。その程度の会話におさまり切るようなものであるはずもなかった。私がいやになっていたのは、この町だのこの土地だのこの家だのじゃない。どこかへ移り住めば片づくというようなことじゃない。それを言うなら、地上のどこであれ、またぞろ一戸を構えて家族と暮らすなどということが、そもそもうんざりだったろう。いつまでも夫であるなんていうことはうんざりだし、いつまでも父親であるなんていうこともうんざりではないか、いつまでも！　しかし、そういうことは女や子供たちには決して理解できまい。連中は私がそう言えば、「この先生はあたしが嫌になったんだ、俺たちがじゃまになったんだ」とあっさり解釈するにきまっている。解釈とはまたよく言ったもんだが。こいつは解釈の問題じゃなくって、どうごまかしようもない、れっきとした心の欲求なんだが。

しかしまた、これを家の者の側から見れば、私が自分でも処理しがたい手前の心の矛盾だの苦悶だのを、はた迷惑なかんしゃく玉にして、見境なしに周りの人間にぶっつけているだけだ、ととられかねなかった。また例の病気が始まった！　事実、それは身体の故障から来ているのでもあろうし、中途半端な年齢のせいもあるだろう。

だが、病気を持たぬ人間がこの世にいるだろうか。現にこの私も、二つも三つもの病気と戦っており、そのたたかいが日々の生活だと言ってもいいくらいだが、なかでも最大の強敵は年齢というやつだ。年齢こそは、一見正常のような顔をして世間にまかり通っている病気の親玉ではあるまいか。男も女も五十にもなると、いや、四十を越すと早くも、強情そのものと化して、相手の言い分には耳を貸さなくなる。表面どうあれ、結局のところは自分を言い張って譲らなくなる。ただ聞くふりをすることを覚え、相槌を打つのが上手になるだけだ。

では夫婦は、といえば、夫婦なんだからそれでもいいんだとも言えたし、だから馬鹿げた結びつきの最たるものだとも言えそうだった。私は、自分も相手も主張一点ばりで、あくまで自説を引っ込めず、お互いの気持ちを汲もうというだけの心の用意がないのだから、こんな相談や議論は不毛のきわみだと感じながら、いつからか頭に入って消えないでいる

dogged という英語の単語を思い浮かべていることがよくあった。それは何と発音するのか、たぶん「ドッギッド」だろうが、私には頑固という意味のその言葉が犬と関係があるらしいのが（全然無関係かもしれぬが）、犬の頭は固いからだと勝手に解釈していた。人間ならば石頭と言うところだろう。で、家の者が言うことをきかぬので匙を投げたくなるような局面にぶつかると、私はきまってこの dogged を思い出したものだ。「かたい犬の頭をした女め」。と、その音と綴りの連想からして、あたかも自分の妻が犬の首をつけてそこに控えているような気がした。私は犬の頭をこつんとやったことは何度もあるが、女房の頭が犬のものほど固いかどうかは知らない。それが本当に犬の頭だとしても、いまさら叩いてどうなるというものでもなかろう。それに、私はべつに彼女の頭の働きや意見なんていうものが好きで一緒になったわけではなかった。それにしても、われわれは男も女も多少とも年を経ると、話し合いなどと称しながら、お互いにただもう固いばかりが能の犬の頭を騒々しく振り回し、あげく勢い余って相手に頭突きを見舞ったりするぐらいが関の山らしい。むろん、この私の頭だってとびきり固い犬の頭であることは間違いないが。

沈みはじめた家、ということを、私は夫婦の場合にも考えずにはいられなかった。最初は小さな蟻の穴からそろそろと沁み込み、やがて土台のコンクリの底にまで達して、いつかは家全体を傾けてしまう水のようなもの、それは時間だと言っても同じだが、もとはと言えばちょっと夕立が降ったというぐらいのことではないか。ただ、いったん水の通りみちが出来ると、あとは早い。二人とも気がつかずに暮らしてきただけに、あっという間に感じられる。別に何がどうと言うほどの事件があったわけじゃない。言うなれば、どこかに蟻一匹がもぐり込むだけの隙間があって、たまたまそこから雨水が流れ込んだにすぎない。その穴とは、たぶん双方の言葉にならない哀しみだったり怨みだったり疲労だったりするのだろう。そのうちに、自分の心のある部分を、この相手に損なわれた、浪費された、掠め取られた等々という思いがする瞬間がしばしば訪れるようになる。そして、遅かれ早かれ結論めいたものにとっつかまる。ある日、ある機会に、そんなふうにひそかに背かれたように感じていたのは、実は自分だけではなく相手もだったということを知らされて、失望と幻滅はいっきょに何倍にもなる！　ああ過去は美しかった、ただ過去だけが、ということになる！

　さて、私という者が二階に舞い上がってしまったことで、家族はほっとしたにちがいなかったが、それは私にとってもよかったような気がした。私は、ここで、十年前には今よりもずっと元気で、もう少しは生活に張り合いをもって仕事をしていたことを思い出した。あの頃もこうやって、この同じ机にもたれて、ガラスごしに近所の変哲もない屋根々々に目をやったり、海から吹きつける風に砂の音を聞きつけたりしたものだ。それが十年も昔のこととはとても思えない。しかし、当時の自分が来たるべき将来について何を考えていたのか、どんな気持ちであれこれの文章を書いていたのかとなると、それはもう自分のことですらないかのようだった。

永らく遠ざかっていて、今度また発見したような気がしたものもあった。雲というのもその一つだった。ここからは直接望めないが、南に大きく口をあけた湾の上空にも、夕映えに染まる西の山塊の空にも、東のほうのごちゃごちゃした市街の、そのまたむこうの、分譲地のあるスモッグにけぶった高台の上にも、はかなげな綿雲がいかにものんびりと浮かんでいるのを見つけて、私はなにか珍しいものに出会ったみたいに、つくづくと眺め入った。雲など、かつてはこの窓からだけでなく、駅の陸橋の上からも、あちこちのビルの屋上からも、たまには旅先で山、丘、城といった高みから、いくらでも見てきたはずだのに、まるでこの十年、私がたえて上を見ず、下ばかり見ていたような話だ。たまさか雲を見ることがあっても、それは頭上の本物の雲ではなくて、足もとの水たまりに映った雲ばかりだったとでもいうような。

私は、それでも、自分が何かこの雲の浮かんだ景色のようなものを欲していること、そこに、霊泉か霊気にでも浸かるように自分の心をどっぷりと沈めて休ませる必要があることを、それとなく感じてはいた。もっとも、近年の私の健康状態では、そうそう遠距離を行くことも強行軍をこころみることも無理だったが、県内のどこかを一日散策するぐらいのことなら、朝起きてから思い立ってもすぐに実行可能だった。

つい最近では、十月初めの、素晴らしくよく晴れた一日、むろん平日だったが、私は隣の町からディーゼルカーが出ている国鉄の支線に乗って、川沿いに山のほうへ、どこまでという当てもなしに行ってみようという気になった。そのコースは初めてではなかった。十年以上も前、つまり私が最初にこの二階で仕事をしていた時分に、まだまだ幼かった息子たち三人を引き連れて行ったことがあった。その頃は、そうやって休日ごとに何処かしらへ彼らを連れて行かぬことには、家の中がおさまらなかった。そしてそうまでしてやっても、連中は田舎くさい乗り物にけちをつけたり、歩かされ過ぎたといって不貞くされたりしたものだが。

白状すれば、その日も、その前夜からの続きで、私は家の者に腹を立てていた。どうせ例によって例のごとくで、答えなど出るはずがない。両者とも相手の「犬の頭」にはね返されて、黙り込んでしまったにすぎない。私は家にはいたくなかったが、遠出するほどの元気もなかった。自転車で隣町の駅へ向かいながらも、まだ迷っていた。引き返してもよかったし、その街でちょっと時間つぶしをしているあいだに、もっと他の気晴らしを思いつくかもしれなかった。が、走っているうちに、そのいずれも自分が望んでいないことがだんだんはっきりして行った。蒸発という笑わせる言葉も、頭のどこかにひっかかっていた。

私は市の有料の保管所に自転車を預けて、手ぶらで歩き出した。身体ばかりでなく、なんとなく心も軽くなったような気がした。朝夕は通勤や通学の乗客でにぎわう乗り換え駅も、いまはちょうど雑沓の波がひとしきり寄せて返したあとで、駅前の広場が急にがらんとする十時頃だった。どこもかしこも私にはまぶしいくらい明るく、そして空虚だった。ここも古くからの海辺の町の一つだったが、いつのまにかビルの数が増え、ことしは駅ビルも出来て、街そのものが新装開店といった趣で、奇妙に若々しい空気に満ちていた。

駅ビルの改札口で時刻表を見ると、一時間に二本しかないローカル線の次の発車まで三十分ある。汗ばんできたので私はジャンパーを脱ぎ、それを腕にひっかけて連絡通路のまんなかに立っていた。そのうち、行き交う通行人のいくたりかがこっちの顔をのぞき込むようにして過ぎるので、おもわず手で顔を撫でてみた。よほど虚脱したような面つきをしているのか、ゆうべの酒と寝不足でいやな色が出ているのか。が、なんのことはない、そんなとこに私が突っ立っているのがじゃまだったらしい。私は切符売り場のカウンターのほうへ移動した。すると、そこの仕切りのガラスに自分の顔が映っているのが気配で感じられた。私は、その顔を見ないで済むように、つと目をそらして、背を向けてしまった。

自分というようなものにかかずらうのは、もうここらでやめにしたほうがいい。

　それから三十分後には、私は二両連結のディーゼルカーの窓から、快晴の秋空をふり仰ぐようにして、田園のかおりを肺いっぱいに吸い込んでいた。いつもこうなのか、その列車はすべての窓が全開にされていて、車内をもうれつに風が吹きぬけた。乗客はほんの四、五人で、なかには婦人もいたが、スカートをまくられ髪の毛をあおられながら、誰もいっこうに風を苦にしていないようだった。風のうずのなかに、私はときどき豚小屋の臭気や、下肥のにおいをかぎわけた。永いこと忘れていたそのにおいは、みょうに官能的でさえあった。

　沿線には、農家や中小の工場や建て売りらしい小住宅や、またそれらの切れ目には田畑や荒れ地や雑木林や、小川や貯水池や泥溝《どぶ》や、おおよそそんな雑多な眺めが単調に続いたが、駅名だけはいまだに往時をしのばせる、鄙びた響きをそなえていた。宮山とか、倉見とか。そのあたりで新幹線の土手の下をくぐった。社家という駅もあった。近くに神社があるのか、そしてその辺の山林が代々神職のものだったのか。入谷。ディーゼルカーは田圃のまんなかで停まった。ホームというより、ただ盛土をしただけといった無人の一角に、すすきが枯れ残っている。かなたの森の蔭に白い建物があらわれる。星条旗と日の丸が並んで揚がっているのが見える。

上り勾配にかかり、見下ろす眺めになると、やがて木の間ごしに大きな川が見えてくる。流れはその地点で一気にカーブして、あとは線路から遠ざかるばかりのようだ。川が見たいのなら次の駅で降りたほうがいい。そういえばこの前、十年前に来た時も、私はそのように判断して、ほとんどとっさに子供たちの手を引いて飛び降りた覚えがある。そのことを思い出した。そして、今度もふらふらと降りてしまった。

改札を出るとき、参考までに、八王子に行くにはまだあとどのくらい乗らなくてはならぬのか尋ねてみたが、駅員の答えは、乗り継ぎ次第だがさらに小一時間と聞こえた。私はもうこの辺でぶらぶら歩きを楽しみたい気分になっていた。川へ出るには、ダンプなどの往来が激しい県道の脇から日のささぬ林の中をだらだら下って（坂の中途で崖の根に向かって小用を足した）、私の背丈とどっちかというくらいの、深い、枯れた萱原を踏み分けて行くしかなかった。しかし、道はかすかながらちゃんとついていた。川の本流ではなく、灌漑用水みたいな水路で、作業服に作業帽の中年の男が釣り糸をたれていた。私は念のため、その男に、このまますうっと行って直接河原に出られるかどうか質問した。驚いたことには、男は「相模川かね」と訊き返してから、律儀な口ぶりで「出られる」と答えた。よそ者が地元の川の名を省略したことに対する彼の反応みたいなものを、私はなんとなく推し量った。

川はすぐそこなのに、なかなか行かれない。水面も見えない。空はといえば、私の目がとどくかぎりでは、どこにも一つの雲もなかった。が、かなり前だろうが、増水が寄せたあとらしく、萱原の中はところどころまだひどくぬかっていた。ダムがどうとかで増水警報が出た時は河原に入らぬこと、という立て札も目についた。どうやらまた下ばかり見て歩いていたせいだろう、私はずいぶん変な落とし物に出くわすことになった。濁流に洗われて、むき出しになった萱の根のあたりに、どういうものか、まっさらのティッシュペーパーの一と箱が投げ出されていた。私はそれを拾い上げ、小脇に抱えて、歩きにくいごろた石の上を、何度もよろけながら白い河原に出て行った。

川は、私の目の前を、秋晴れの空の光を鏡のようにはね返しながら、ゆるやかに、自足しきったように、何の屈託もなげに流れていた。静かな、さざなみもない水面だが、しかし、見つめていると、何か音ならぬ音、おさえつけた息づかいのような切迫した気配とともに、その水面がこちらの胸もとまでせり上がって来そうにも感じられた。

私は急に、その水で蒸れた足を冷やしたくなり、乾いた石の上でズックを脱ぎ、靴下をぬいだ。浅瀬に沈んだ石には藻か苔か、そんな褐色のものが一面にくっついていて、いやな感触だった。また水そのものも、真昼どきの日ざしにぬくめられて、気持ちがいいとは言えなかった。私はじきに水から出てしまった。そのあと、石の上に腰をおろして、先刻のあやしげな拾得物の中身をおもむろに引き出し、茶いろく染まった足の裏や指の一本一本をぬぐった。

タバコを吸いながら、川向こうに目をやると、そっちの岸一帯は広重のバックに出てくるような、のどかな松並木で、まるで人影がなく、別天地に思われた。どことなく夢の中ででも見た覚えがあるような景色だ。しかし、近くに橋はない。そこまで行くには、上《かみ》か下《しも》を大回りして二キロは歩かなければなるまい。

だだっぴろい河原には、そのとき、私の他には二た組の人間しかいなかった。背後のずっとむこうに、何かがらくたを積んだ灰色の小型トラックが停まっていて、その陰に男と女が休んでいた。男はあぐらをかいて坐し、女は男の膝もとに寝そべっていた。女のジーパンのゆたかな尻がこちらを向いていた。かりそめの二人づれではなく、身体も心もゆるし合った男女のように見えた。共稼ぎの夫婦のようでもあった。そしてもう一と組は、さっき私のあとからブルーの乗用車でやって来た、すらりとした身体つきの若い母親と三、四歳の男の子で、彼らは連れてきた犬を車のそばに残したまま、私に背中を向けるような位置に陣取って、弁当を食べていた。母親の顔はスカーフでも隠されていてよく見えなかった。幼児はその辺を落ち着きなく動きまわり、ときどき浅瀬に近づいては何ごとか叫びながら母親のところに走りもどった。

私は、川の流れを見つめ、対岸の松並木に目を移し、それからまた、後ろの男女の語らいを想像し、すぐそこにいる親子づれのことを考えた。彼らの家庭のこと、いまごろ勤め先にいるだろう父親のことを考えた。私にも、たしかにこんな一刻があった。二十年前にか、三十年前にか。それはまったく一瞬のことだったとしか思えないが。と、次の瞬間には、さらに三十年か四十年が過ぎていた。自分という存在はかき消えていた。

とうの昔に死んでいる私の目には、いまやこの水辺の情景の意味はありありと見てとれた。こんな一日が自分にもあったとはいっても、それは死後にこの世の記憶があればの話、いや、それよりも何よりも、死んでいる人間にこんなふうにあちこち歩き回ることが出来ればの話だった。なぜなら、いま私の目の前で口を動かしながら物思いにふけっている女、そのかたわらで立ったりしゃがんだりしている幼児は、私のかつての妻でも子供でもない、彼らは私の孫か、そのまた子であるにちがいなかった。私の存在する場所は、彼らの記憶の末端にすら残されているかどうか覚束なかった。

そうしてまた、きょうがその日であるところの未来の一日、私が死んでから四十年目か五十年目かのきょう、自分がこの大きな川のほとりの、広い、白い河原の一角に立ち、まだ生きている人間たちを眺めて、自分という者はもう地上のどこにも痕跡すらとどめず、ましてやどんな居場所も必要としなくなっていることに気づく、そんなことがあってもさして不思議ではなかった。

そのようにして、私の妻も、同じくらい遠い昔に、とうに死んでいた。また、彼女とこの私がかつていくたびも愚かしいいさかいをしたことを、いまでも忘れずにいる者がいるとしたら、それはやはり二人の他にはなかった。だが、そのとき、死んでいる妻の心に私がどんな場所を占めているだろうかということまでは、私にははかりかねた。

いま、明け方の五時だ。私はこのごろ宵のうちに床につくようになって、その習慣は心機の一転のためにもよかったのだが、時としてかえって睡眠が不足して身体の調子が狂うことがあった。そんなとき、私は今夜のように、もうためらわずに起きてしまうことにしていた。起きて何をするというのでもないが、そうやって夜が白んでくるのを待つのもいいものだった。

雨戸を半分ほど開けてみる。東の空はまだ闇に沈んでいるが、澄んだ三日月がかかっている。近くでもう誰かが起きているらしく、明かりのついた家もある。始発かその次か、上り電車のレールのきしむ音、ついでモーターの加速するうなりが聞こえる。どこか松林のむこうの家で、にわとりが鳴く。いやに時刻きっかりに鳴くとりだ。海鳴りもしないので、それらの音が非常にはっきり聞きとれる。相当な冷え込みようだ。私はじきにまた雨戸を締めた。

やがて、何者か、かすかに屋根の瓦を踏みあるく気配がする。そろそろと砂の中に沈みはじめている、傾きかけたこの家の屋根を。それは、私が飼っている大きな雄の老猫である。主人が雨戸の音をさせたのを聞きつけて、勝手口の廂か、軒下のいぬアカシヤの枝か、庭の藤棚の柱をつたうかして、やって来たものだろう。

私は、そこで、ちょっと彼のことを考えた。屋根に登るのも彼としては楽じゃないだろう。彼は最近はろくに外へ出ようともせず、昼も夜もほとんど廊下の隅などで寝てばかりいた。木の幹をよじのぼったり、高いところに跳び上がったりするだけの元気はもうなさそうだった。いつ見ても口から涎とも歯ぐきの膿ともつかぬものを垂らしていた。そして、ときおりひどく咳き込んで、あげくに食った物を吐いたりしていた。体の毛はまばらになって痩せる一方なのに、食欲だけは異常にあった。のべつ、どこでも構わず大小便をするのも厄介だった。しかし、彼を助けてやることは医者にも出来なかった。

その彼が、すぐそこに、雨戸一枚むこうに、夜明けの冷え切った屋根瓦の上に、べつに声を立てるでも爪の音をさせるでもなく、じっと私のほうを向いてうずくまっているのがわかる。

あの夏あの海

夏といい海といい、僕にとってはあまりに生々しく具体的なので、いわば、それについて夢想したりする能力を欠いている。海のそばで育ったからかもしれない。生い立った時代や家庭環境のせいかもしれない。

先日、あるグラフ雑誌で、海軍兵学校卒業記念写真というのを見た。明治六年九月から昭和二十年十月までの卒業者の総数は、一四、四六四名であることもそれで知った。昭和十年代に入ってから年ごとに急増して行く卒業者の数は、日本の運命と呼応している。その数字を眺めながら、僕は多少の感慨を禁じ得なかった。それは、この一四、四六四名のうちに僕の身内の者六名が含まれているからである。父の二人の兄と、父と、兄と、二人の従兄と。

伯父たちは早くに退役したが、父はすこぶる凡庸な指揮官として太平洋戦争を生き残り戦後二十二年目に病死した。大佐であった。従兄の一人は、潜水艦イ11に乗っていたが、昭和十九年二月十七日マーシャル諸島水域で米駆逐艦ニコラスの攻撃をうけて沈没したといわれる。中尉であった。兄ともう一人の従兄は、再出発するために江田島から帰されてきた。身内にこれだけの「海兵出」がいたことは、いま考えてみれば、やはり異常なことだった。帝国海軍の大きな黒い影が、自分の少年時代を完全におおっていたのは当然だ、と思い直した。自分もいずれは江田島へ行くことを信じてうたがわないといった気分だった。敗戦の夏、僕は満十歳であった。

だから海といえば、それは父や兄たちが守りたたかって敗れた海である。そして、夏はといえば、日本人としてあたりまえのことだろうが、八月十五日ということになるのであろう。その八月十五日を、僕は肩身のせまい軍人のせがれとして迎えた。

兄が江田島から帰ってしばらくして、父が南方の基地から復員してきた。襟章をはぎとった軍服に水筒一本肩にかけて、無一物で玄関に立った父は、ひどく年寄くさくて、少年の僕を失望させた。まる四年見なかったにしろ、父は老けすぎていた。学校では教師が、野蛮な軍人たちの支配はこれで終り、これからは文化の時代だというようなことを、機会あるごとに説いていた。だがこれは、僕にとってはすぐには呑みこみにくいことだった。なぜなら、昨日までの僕は、民主主義に早変りしたその教師よりも「野蛮な軍人」だった父にこそ文化の品位を見ていたからである。少くとも僕は、その父から若干の文学趣味と語学への興味をうけついだ。自分の父親をたえまなく否定してかかってくる戦後の急造の文化に、僕はやすやすとはくみし得なかった。

そのころ、追放されて職もなかった父は、よく僕をつれて早朝の海岸へ散歩に出かけた。波打際で父と僕はものもいわずに長いことキャッチボールをした。その時分の鵠沼《くげぬま》は、まだ美しい砂浜をとどめていた。水がひいたあとには小魚がはねて光った。父は僕を浅瀬に残して、抜き手をきって沖のほうに遠ざかって行った。父と僕のほかだれもいない、ひろびろとした朝の海。だが、そのむこうにあるのは、父がもはや二度と出て行くことのない占領下の海であった。

金もなく生活のあてもないこの父の外出に、幼い僕はよくついて歩いた。父といちばん仲がよかった時代だ。そのあと、人並みに僕にも長い反抗期がくる。同じ屋根の下にいながら、口もきかず顔も合さぬという、あのだれもが経験する青春の辛い日々がくる。しかし、軍人の父は息子に打ち倒される前に、もう十分敗北していたのである。軽薄にアレンジされた軍艦マーチを耳にするにつけ、スクラップのようになって風雨にさらされている日本の軍艦のすがたを映画などで見るにつけ、やはり胸が痛んだ。べつに僕は海軍マニアではないし、帝国海軍は当然ほろぶべくして滅んだのだと思っているが、あのぶざまに横倒しになった穴だらけの廃艦は、どれも亡びてゆく父の姿を思わせた。こうして僕は、生身の父と暮しながら、国が敗れるとはどういうことであるかを学び、否定されつつ生きることをもまなんだ。

何の取り柄もない軍人だったが、その父が死んだ日は、やはり僕の生涯の大いなる日だった。

「かの日こそ怒りの日、災厄《わざはひ》と艱難《かんなん》の日なれ。げに大いなる日、嘆きの日なるかな。……」というあのレクイエムの言葉は僕の胸を去らなかった。かの日とは、審判《さばき》の日のことである。それは、連合国および戦後日本によって父が裁かれたということであるが、それだけではない。同時にそれは、裁いた者たちが裁かれる日をこそ呼ぶ声のように聞えたのである。

そうして今年もまた夏がきて、すぐそこで海が鳴っている。すべてがつい昨日のことのように思われる。くぐりぬけてきたあの夏あの海をよそにして、どんな夏も海もないような気がする。

（一九六九年八月十五日）

巻末エッセイ

父の視線

沢木耕太郎

ぼくは阿部昭を「天使が見たもの」で初めて知った。それを読んでみようと思い立ったのも、別に大した理由があったからではなかった。「天使が見たもの」が、母親を失った母子家庭の小学生の男の子があとを追って投身自殺したという、実際に起きた事件を題材にしていることを知り、いったい小説家というものはどのようにして現実の事件から一篇のフィクションを仕立てあげるのか、それを見たいと思ったのだ。そこにノンフィクション・ライターとしての職業意識がなかったこともない。しかし、読み終わってみて、そのようなヤクザな関心とは異なる次元で、強い衝撃を受けていることに気づかざるをえなかった。

「天使が見たもの」は文章が平明で内容は清澄だった。母親と少年の「境遇」と「思い」とが短い文章の間に過不足なく描き出される。母親は少年に小さな嘘をついている。父親というものは母親が子供を生んでから見つけるものなのだ、と。彼女は別れてどこかで生きている男のことを天国にいるなどと教えたくなかったのだ。少年は幼い頃からその嘘を信じ、自分の父親には誰がいいかと考え、それを母親にいったりしていた。しかし母親が病苦に悩み急速に年をとるにつれ、次第に少年はそのことを口にしなくなる。

《どうしても父親というものはいなくっちゃいけないのか？　それならお母さん、いまにぼくが新聞配達をしてお父さんになってあげる。少年はときどきそんなことを言うようになっていた》

「天使が見たもの」の中には、異常な挿話の羅列もなく、過度な同情もなく、ましてや大袈裟な告発もない。ひとりの母とひとりの息子のありうべき日常が柔らかい筆遣いで描かれているだけだった。そして、クライマックスであるはずの少年の自死という異常事すらも、その平凡な日常の延長としてさりげなく伝えられる。少年は遊びから帰ってはじめて母が死んでいることに気づく。少年は家を出て、その前日まで母親が働いていたスーパーマーケットの屋上にのぼる。

《彼は大急ぎで金網にとりつくと、身がるにそれを乗りこえてそのままとびおりた。

屋上にはだれもいなかった。地上でもだれも少年のすることを見ている者はいなかった。見ていたとしても彼を叱ってその遊びをやめさせることはできなかったろう》

しかし、そのさりげなさにもかかわらず、この短い物語からは、哀切という言葉では充分に収まりきらない、純一で透きとおった悲哀とでもいうべきものが心を浸してくる。恐らくその純一さは、阿部昭の過剰を拒絶する意志によって支えられている。過剰を拒絶する意志。それは単なる心構えばかりでなく、技術による裏打ちを必要とするものでもある。

《うすぐらい物置き場のコンクリートの上に横たわった少年は、手に鉛筆で書いた藁半紙のメモをしっかり握りしめていた。だれかがその掌をひらかせてメモをとりあげた――『このまま病院へ運ばずに、地図の家に運んで下さい。家には母も死んでいます。』

少年の家はすぐにみつかりそうだった。文章にそえられた地図は略図ながら、きちょうめんな書体で付近の目標がくわしく書きこまれていて、ここから少年の自宅までは『やく二百五十メートル』ということもわかった》

この物語の終末部分で、読む者の胸に響いてくるのは、前段のメモの文章より、むしろ地図に書き込まれているらしい「やく二百五十メートル」という、健気《けなげ》な客観性を持った数字である。これによって初めて、この物語の悲哀は男性的なそれに昇華する。この一行のためにそれまでの文章が用意されてきたとさえいいうる。技術による裏打ちという時、たとえば、ぼくはこの「やく二百五十メートル」を念頭に置いているのだ。

新聞で確かめてみると、作中のメモの文章は、実際に少年が持っていた原文とほぼ同じである。しかし、地図に「やく二百五十メートル」とあったとは、どの新聞にも書いてなかった。ただ、ひとつの新聞に、自宅は現場から、「約二百五十メートル東にあった」という記事が載っていただけである。恐らくは、それが「やく二百五十メートル」という見事な創作になったのだ。

江藤淳は文芸時評で《母子の荒涼とした生活の感触》という言葉を使っているが、ぼくにはこの二人だけの「生活」と「死によう」はむしろ幸せなものとして描かれているように感じられる。それはこの作品の底にも潜んでいる、阿部昭の人間への肯定の意志によるのかもしれない。

「天使が見たもの」に導かれることによって、ぼくは『阿部昭全短篇』の世界に分け入った。この上下二巻の中には、ひとりの男の、幼年からそれと同じ年頃の子供を持つまでの、ゆったりとした時間の流れがある。少年から青年になり、恋愛し女を棄て、また恋愛をして結婚し、父を失い子供を得る。人生の断片が鎖状にゆるやかに連なり、男の半生が見え隠れする。そのような阿部昭の作品世界において、私的体験を中核に据えるのではなく、現実の事件に触発されて書かれるということは、確かに「異例」のことであったかもしれない。しかし「天使が見たもの」は決して「異質」のものではない。むしろ『阿部昭全短篇』において、象徴的な意味さえ持っているように思われる。そこに、阿部昭の創作上の方法と内容を特徴づける、過剰への拒絶の意志と人間への肯定の意志が明確に表われているから、というばかりではない。見事に完結された作品空間に不思議なゆとりが漂っているのだ。そして、このゆとりは、「子供部屋」の彼自身を描くことから、「子供の墓」の息子を描くまでに至る、『阿部昭全短篇』に流れる全時間を経ることによってしか、獲得されなかったであろうからだ。

実際の事件と「天使が見たもの」を比較するといくつかの部分に修整が加えられていることに気がつくが、とりわけ重要な意味を持つのは、母親の死を自殺であるにもかかわらずあえて病死と設定した点である。この短篇の純一さを維持するためには病死でなくてはならぬという計算もあったろう。確かに母親の自殺は、この物語にもうひとつの異なる緊張を加えることになる。しかし、あえて阿部昭が母親に自殺させなかったのは、そうすることで母親に棄てられる少年を救いあげたかったのではないかと思われてならない。そこには語の真の意味におけるやさしさといったものが感じられる。阿部昭の少年に対することのやさしさは、自己と他者とのきしみに耳を澄ませるだけだった「息子の時代」から、「自分の生命と息子の生命」を持っている「父親の時代」を経ることで獲得した、あのゆとりと表裏一体のものであるに違いない。（78・6）

（さわき・こうたろう　作家）

編集付記

本書は「少年小景集」と題し、著者最後の自選集『阿部昭18の短篇』（福武書店、一九八七年）の中から、少年を主人公にした短篇と高校国語教科書に掲載された作品を選び、独自に編集したものである。上記に未収録の「子供部屋」「幼年詩篇」（馬糞ひろい／父の考え）と随筆「あの夏あの海」は岩波書店版『阿部昭集』第一巻・第十巻に、巻末エッセイは沢木耕太郎『路上の視野』（文藝春秋、一九八二年）に拠った。

収録作品の初出紙誌は以下のとおり。＊は高校の国語教科書掲載作品であることを示し、初出のあとに初採録の教科書名を記した。

子供部屋『文學界』一九六二年十一月号

幼年詩篇（Ⅰ馬糞ひろい Ⅱ父の考え Ⅲあこがれ＊）『文學界』一九六五年六月号／「現代の国語1」大修館書店、一九九四年

子供の墓＊『婦人之友』一九七二年十月号／「高等学校現代文」旺文社、一九八三年

自転車＊『群像』一九七三年三月号／「高等学校現代国語1」第一学習社、一九七六年

言葉＊　『群像』一九七三年十一月号／「新編現代文」明治図書、一九八七年
天使が見たもの　『群像』一九七六年一月号
海の子　『海』一九七九年二月号
家族の一員　『作品』第一号（一九八〇年十一月）
三月の風＊　『明日の友』一九八四年四月号／「現代文」数研出版、二〇〇八年
みぞれふる空　『群像』一九八四年五月号
水にうつる雲　『海燕』一九八六年二月号
あの夏あの海＊　『朝日新聞』一九六九年八月十五日付夕刊／「高等学校国語二」第一学習社、
一九八三年

本文中、今日の人権意識に照らして不適切な語句や表現が見受けられるが、著者が故人であること、刊行当時の時代背景と作品の文化的価値に鑑みて、原文のままとした。

（編集部）

本書は中公文庫オリジナルです。

中公文庫

天使《てんし》が見《み》たもの
——少年小景集《しょうねんしょうけいしゅう》

2019年4月25日　初版発行

著　者　阿《あ》部《べ》昭《あきら》

発行者　松田陽三

発行所　中央公論新社

〒100-8152　東京都千代田区大手町1-7-1
電話　販売 03-5299-1730　編集 03-5299-1890
URL http://www.chuko.co.jp/

DTP　平面惑星
印　刷　三晃印刷
製　本　小泉製本

Published by CHUOKORON-SHINSHA, INC.
Printed in Japan　ISBN978-4-12-206721-9 C1193